찌질이

찌질이

초판 발행일 2015년 9월 25일

지은이   전 용 배
펴낸이   손 형 국
펴낸곳   (주)북랩
편집인   선일영   편집   서대종, 이소현, 권유선
디자인   이현수, 윤미리내, 임혜수   제작   박기성, 황동현, 구성우, 이탄석
마케팅   김회란, 박진관, 이희정, 김아름
출판등록 2004. 12. 1(제2012-000051호)
주소   서울시 금천구 가산디지털 1로 168, 우림라이온스밸리 B동 B113, 114호
홈페이지   www.book.co.kr
전화번호   (02)2026-5777   팩스   (02)2026-5747

ISBN   979-11-5585-773-1 03810(종이책)   979-11-5585-774-8 05810(전자책)

찌질이

전용배 지음

북랩 book Lab

글을 쓰며

내 이름은 전용배. 올해 마흔이 되었으며, 한 살 많은 아내와 결혼해서 현재 초등학교 4학년, 2학년인 두 딸과 살고 있다. 대출이 껴 있지만, 내 소유의 작은 아파트가 하나 있고, 준중형 자동차가 한 대 있다. 아내는 열심히 일하는 '직장맘'이다. 우리 가족은 대한민국의 평범한 맞벌이 가족이다.

자영업을 하다가 35살부터 공장에 다니기 시작했다. 당장 돈을 벌어야 하는 가장으로서는 가릴 일이 없었다. 공장은 덥고 무거운 부품을 옮겨야 하고, 주·야간으로 돌아가며 일을 했으며, 나이 어린 정규직 애들한테 무시당하면서 비정규직 공장 생활을 시작했다.

이 글을 쓰는 지금 난 공돌이 생활을 접었다. 그리고 이제 내 마음이 다르게 살고 싶다고 말하고 있는데, 무엇을 어떻게 다르게 살아야 하는지는 알 수가 없다. 무엇인가 기적처럼 삶이 바뀌지는 않을 거란 걸 알고 있다.

지금까지 40년 동안 수많은 고민을 하며, 전전긍긍하며 살아왔다. 그리고 난 생각보다 운이 좋은 사람이었고, 그렇게 어떻게든 살아지는 것 같다.

세상의 기준에서 한우물만 파는 성실한 사람으로 살아오진 않았지만, 나름대로 걱정하고 고민하면서 세상의 기준에 맞춰 평범한 학창시절, 대학, 직장생활, 결혼, 자영업, 비정규직 공돌이를 거쳐 지금의 백수가 되기까지의 시간을 이야기하고 싶다는 생각이 들었다.

이야기를 한번 써 보기로 했다. 지금까지 살면서 무엇인가 마무리를 해본 적이 없는 것 같다. 항상 시작만 했지 끝을 보지 못했다. 그래서인지 지금 나에게는 자격증 같은 게 하나도 없다. 이 이야기는 꼭 마무리하고 싶다.

난 항상 어떻게 살아야 잘 사는 것일까, 라는 고민을 끊임없이 했지만, 좋을 때는 그 분위기에 휩쓸리어 자만심과 허영으로 살아갔고, 힘들어지면 두려움에 휩쓸려 인간관계를 끊고, 현실에 부딪힌 가장의 모습으로 책임이라는 짐을 짊어지고 힘든 생활을 했다. 그리고 이제 모든 걸 접고, 다시 시작해 보려고 한다.

산을 오르는데 머리가 흰 노인분이 가방을 메고 맨발에 지팡이를 짚고, 몸이 불편하신 듯 뚜벅뚜벅 걷고 계셨다. 난 그 노인을 보고 좀 불편한 생각이 들었다.

'이렇게까지 연명해야 할 정도로 우리가 행복한 삶을 누리면서 사는 걸까?'

2015년 9월 jyb

사랑이 사람의 삶의 순간을
어떻게 바꿔 놓는지를 보여주는 책.
그 사랑이 고통이든 행복이든.
그 사랑이 어떤 사랑이었느냐 하는 부분은
따지고 싶지 않습니다.

[일러두기]

'찌질하다'는 보잘것없이 변변치 못하다는 뜻의 '지질하다'가 맞는
표기이지만, 이 책에서는 저자의 의도를 존중해 그대로 두었습니
다. '찌질이'도 마찬가지입니다.

목차

김치

여느 드라마에 나오는 주인공의 어릴 적 가정환경이 대체로 불우하듯이 내 어릴 적 가정환경도 불우했다. 건설 노동자였던 아버지는 술에 취해 계셨던 날이 더 많았고, 공장에 다니는 어머니는 매일 힘들게 보내셨던 것 같다. 세상에 돈이 전부는 아니지만, 그렇다고 없어서는 안 될 게 돈이다. 가난이 가정을 파괴하는 건 진리다. 아버지와 어머니의 부부싸움은 점점 더 잦아졌고, 결국 내가 초등학교 5학년 때 어머니는 집을 나가셨다.

어머니가 집을 나가시니 아버지와 난 매일 라면으로 밥을 해결했다. 그런데 문제는 김치였다. 라면도 김치가 있어야 먹을 수 있는 법. 아버지가 김치를 어디서 구해 오든가 사오든가 했으면 좋았겠지만, 그럴 생각은 없으셨다. 내게 돈을 주고 사 오라고 하셨다. 김치를 사러 가는 길이 소가 도축장 끌려가는 심정이라고 말하면 너무 과장된 걸까? 그때 당시 초등학교 5학년인 나에게 누가 물어보면, "난 도축장 끌려가는 소와 마음이 같아요."라고 대답했을 것이다.

무거운 발걸음으로 시장의 반찬가게 골목으로 향한다. 무시무시한 광경이 펼쳐진다. 양옆으로 반찬가게가 쭉 늘어서 끝이 보이지 않는 골목은 전쟁터와 같았다. 가게마다 반찬을 아주 잘할 것 같은 아주머니들이 반찬을 가게 앞에 한 대야씩 쭉 진열해 놓고, 지나가는 사람들을 노려보고 있다. 지나가는 사람들과 눈이라도 마주치면 오늘 새로 한 반찬이 뭐고, 싱싱해서 맛있다고 한번 먹어 보고 가라고 전투적인 말을 입에서 쏟아 내고 있었다.

저 전쟁터에 들어가서 라면과 함께 먹을 김치를 구해 올 수 있을지 난 두렵기만 했다. 그렇다고 그냥 갈 수는 없었다. 오늘 저녁에 그냥 라면을 먹을 수는 없었다. 그리고 그냥 빈손으로 간다면 오늘도 그냥 라면만 먹어야 한다는 허탈함에 아버지는 화를 낼 것이다.

난 용기를 내어 빠른 걸음으로 전쟁터에 입성한다. 그리고 앞만 보고 빠르게 걷는다. 옆을 보는 틈을 보였다간 난 전투적인, 반찬 잘할 것 같은 아주머니에게 고문을 당할지 모른다. 그렇게 된다면 난 두려움에 말도 못하고, 김치 대신 아주머니가 권하는 싱싱해 보이는 멸치 같은 반찬을 살지 모른다. 그렇게 1차 횡단이 끝나고, 난 전쟁터를 횡단해서 반대쪽 끝에 서 있다.

그리고 난 또 용기를 내서 다시 전쟁터로 입성한다. 이번에도 난 앞만 보고 정신없이 걷는다. 이제 3차 횡단을 한다. 이제는 조금 곁눈질을 한다. 내가 목표로 하는 배추김치를 곁눈질로 쳐다보며 빠르게 걷는다. 그래도 아직은 아주머니들과 눈을 마주치지는 못한다.

난 지쳐가고 있다. 벌써 몇 번째 횡단인지 기억도 나질 않는다. 그렇게 많은 사람이 왔다 갔다 하던 전쟁터도 이젠 한산해졌다. 더는 물러날 곳이 없다. 내 몸이

지쳐 가고 있다.

　이제 결단을 내려야 한다. 난 가서 당당하게 얘기해야 한다. "배추김치 주세요."하고.

　난 마지막이라 생각하고 횡단을 시작했다. 그리고 횡단이 끝나갈 무렵 마지막 가게 앞에서 멈췄고, 앉아서 눈을 감고 졸고 있는 아주머니에게 손가락으로 가리키며 소심하게 얘기했다.

　"이… 거… 김치, 얼마예요?"

영세민

어머니가 집을 나가시고 몇 개월 후에 난 어머니와 살게 되었다. 아버지는 혼자 지내시다가 몸이 안 좋아져 큰집에 가셨다고 했다. 그런데 얼마 후 큰집에서 나와 혼자 생활하다가 결국 병환으로 돌아가셨다. 그렇게 좋은 추억 하나 없이 아버지와의 인연은 끝이 났다.

중학생이 될 때 어머니와 난 영세민으로 등록되어서 ○○영구임대 아파트에 들어가게 되었다. 단칸방에서 어머니와 지내다가 일단 내 방이 생겨서 난 아주 좋았다. 하지만 그런 기쁨도 잠시, 난 내가 사는 아파트를 쉽게 얘기할 수가 없게 되었다. ○○아파트에 산다고 하면

뭔지 모를 측은한 눈빛들이 되거나, 나만의 자격지심이 있었는지 모르지만, 너는 우리랑 달라, 라는 묘한 표정들이 있었다. 그래도 별생각 없었다. 단지 한 달에 한 번 동사무소에 가는 일만은 달랐다.

영세민이 되면 한 달에 한 번씩 쌀 20㎏과 라면 한 상자가 나왔다. 문제는 직접 받으러 가야 한다는 것이다.

난 무거운 발걸음으로 동사무소로 향한다. 김치에 대한 안 좋은 추억이 떠오른다. 일단 동사무소 앞에 도착하면 쉽사리 들어가지 못하고 앞에서 잠시 대기한다.

나름대로 최대한 사람이 없을 때 들어가야 한다는 계산이었다. 하지만 들어가 보지 못한 내가 동사무소 안에 사람이 얼마나 있는지 알 수가 없다. 그저 밖에서 바라보다가 사람들이 좀 뜸하다 싶으면 돌진하기 시작한다.

난 동사무소 정문을 열고 들어간다. 서서 서류를 작성하는 사람, 앉아서 대기하는 사람들을 한번 훑고 나는 끝에 앉아 있는 예쁜 누나에게 다가가 속삭인다.

"저… 쌀 타러 왔는데요."

상대방이 작게 속삭여 얘기했으면, 응당 같이 속삭여

줘야 하는 게 예의지만 동사무소 예쁜 누나는 서류철을 내밀면서 꼭 입에 확성기를 달고 있는 것처럼 큰 소리로 상냥하게 답해준다.

"그래. 여기 몇 동 몇 호인지 찾아서 사인해, 그리고 따라와라."

뭔가 모를 싸늘함이 발끝에서부터 머리끝까지 내 몸을 타고 올라온다.

난 간절히 바란다. 빨리 쌀과 라면을 들고 나가야 한다. 아니 쌀과 라면을 포기하고 동사무소 정문을 박차고 나갈 수도 있을 것 같다. 최대한 나를 사람들이 쳐다보면 안 된다. 혹시 아는 친구가 있을지도 모른다. 쌀과 라면을 들고 동사무소 정문을 나올 때까지 내 머릿속에는 온통 사람들에게 최대한 내 얼굴을 보이지 말아야 한다는 생각뿐이다.

그렇게 장렬하게 얻은 쌀과 라면을 들고 집으로 향한다. 가다가 버리고 싶다.

그런데 버릴 수도 없다. 멀쩡한 쌀과 라면을 버리고 가면 이상하잖아.

전문대

내가 사는 지역에는 중, 고등학교가 세 개씩 있었고, 세 군데 다 중학교와 고등학교가 붙어 있었다. 한군데는 공립이었고, 다른 두 군데는 사립이었다. 중학교는 추첨이라 아무 데나 들어갔지만, 고등학교부터는 지원이라 당시 가장 공부를 잘했던 공립 고등학교로의 진학을 생각하고 모두 열심히 공부했다. 모두 열심히 한 건 아니지만,

난 어렸지만, 어머니 혼자 고생하시면서 날 키운다는 사실을 잘 알고 있었고, 중학교 내내 공업고등학교에 진학해 어서 돈을 벌어야 한다는 생각뿐이었다. 그런데 중학교 3학년 2학기 무렵 고등학교로의 진학 상담을 하

던 나는 고민에 빠지게 된다. 나는 공업고등학교에 진학하여 하루라도 빨리 산업전선에 뛰어들어 고생하시는 어머니를 위해 돈을 벌어야 한다고 조심스럽게 주장했지만, 우리 집 사정을 어느 정도는 알고 있을 법한 중3 담임선생님은 나를 중산층 자녀로 착각하신 듯했다.

"야, 남자가 전문대라도 나와야지!"

난 담임선생님의 의중을 어머니께 전했고, 어머니의 답은 너무 간단했다.

"너 하고 싶은 대로 해."

난 삶의 가치관이 확고하지 못했고, 무언가 밀어붙일 용기 같은 건 없었다. 중립의 어머니와 전문대를 얘기하는 선생님 사이에서 고민하다가 인문계 고등학교로의 진학을 결정한다. 그래도 선생님이니까 나를 위해서 상담을 해 주셨을 것으로 생각했다.

결과론적인 얘기지만, 난 전문대라도 나온 걸 감사하게 생각하고 있다.

단지 어른이 되어서 알게 된 씁쓸한 현실은 이렇다. 요즘도 그렇겠지만, 고등학교의 가치는 서울에 있는 대학을 얼마나 많이 보내느냐에 달려 있다. 내가 살던 지역에서는 공립 고등학교가 서울에 있는 대학에 많이 보냈다. 그래서 중학교에서 공부 좀 한다는 아이들은 공립 고등학교에 가길 원했다, 하지만 사립의 두 중학교는 같은 재단 고등학교로의 진학 상담을 유도하게 된다. 어떤 어머니는 학교에 와서 절대 공립 고등학교에 보내겠다고 난리를 치기도 했다.

난 중학교 때 한 반에 50명 중 25등 정도 했다. 나는 공부를 잘하는 것도 아니다.

그런데 나는 같은 재단의 고등학교 입학 반 배치 고사에서 400명 중 67등으로 입학을 하게 된다. 와우! 난 고등학교를 입학하면서 상위권 학생 중 한 명이 되었다.

그렇게 내 인생의 한 방향을 결정하는 과정에서 스스로의 의지보다는 소수의 주인공 옆 '친구 10' 정도의 들러리처럼 방관하며 첫 번째 세상에 데뷔했다고 볼 수 있을지도 모른다. 그리고 그 당시 나의 모교에 걸려 있던 소수의 주인공에 관한 현수막 하나가 생각났다.

축 ○○고등학교 ○○ 군 서울대학교 합격 축산과

103점

내가 고등학교에 다닐 때 가요계
에 문화 대통령이 나왔고, 농구 드라마가 크게 히트하
면서 여기저기서 농구가 유행이었으며, 당구장이 미성
년자 출입금지지만 학교에서 껄렁껄렁한 아이들치고 안
가는 아이들은 없었다. 난 당구장 구경도 해본 적 없을
정도로 그저 그런 지극히 존재감 없는 평범한 학생이었
다. 그렇게 존재감 없이 학창 시절을 보내고 대입 수능
을 보게 된다. 200점 만점에 103점. 평소에 80~90점 정
도 맞던 것에 비하면 대성공이었다. 영어단어 몇 개 정
말 제대로 외웠더니 효과가 있었다.

지방 기준으로 전문대 가기에는 그럭저럭 괜찮은 점

수였다. 어디를 가느냐 하는 문제가 있지만, 특별히 하고 싶은 것도 없었고, 되고 싶은 것도 없던 나에게는 점수대로 맞춰 가지 뭐, 하는 마음으로 대입에 대한 나의 자세는 평범하게 무의미했으며, 평범하게 무책임했다. 그리고 나와 친분이 좀 있던 친구 중에서도 나의 점수는 낮은 점수는 아니었다. 나를 비롯해 친구들도 공부를 못하긴 했다.

점수가 발표되고, 친구들과 나는 분주해졌다. 학교를 정해야 했다. 일단 학교는 집에서 가까운 곳으로 정해야 한다. 집에서 멀어지면 시간과 교통비의 낭비라고 생각했다.

친구들과 과를 고르던 중 난 점점 기준이 점수라는 미묘한 상황으로 변하고 있었다.

뜬금없이 난 건축과를 가기로 한다. 드라마에서 흰 도화지 위에 큰 자를 대고 전문가들만 쓴다는 신기한 연필로 선을 쫙쫙 긋는 모습에 매료된 건가? 아니면 공사장에서 정장 입고 안전모를 쓰고 다니면서 무슨 말을 하는지는 모르겠지만, 이리저리 지시하는 모습에 갑자기 꿈을 실어 버린 건가?

난 차라리 드라마에서 멋있게 포장된 장면들에 매료되어 건축과를 택했다면, 적어도 청소년들이 직접 자신의 적성을 파악하고, 직업에 대한 꿈을 꿀 수 있는, 접근성이 미흡한 대한민국의 교육 시스템에 희생된 한 마리의 선한 양이 되었을 것이다.

집안의 가정 형편으로 졸업 후 안정된 직장으로의 취업을 생각하고 과를 선택해야 했지만, 난 그런 성숙한 생각은 하지 못했다.

점수를 보며 건축과를 선택한 나는 가까운 곳으로 대학은 정했지만, 그 결과 가까운 전문대의 건축과는 떨어지고, 기차로 1시간 거리의 학교에 합격하게 된다.

하고 싶은 것도, 되고 싶은 것도, 꿈이라곤 그냥 회사원이었던 나에게는 당연한 결과였을지도 모른다. 그리고 아마 나의 의지만 있었고, 조금이라도 삶의 방향에 대해 생각해 봤더라면 난 다른 선택을 했을지도 모른다. 세상이 이래서 나도 이렇게밖에 할 수 없었다는 건 또 하나의 핑계일 것이다. 내 인생에서 모든 선택의 몫은 나에게 있는 것이고, 책임 또한 나에게 있다.

난 통학하는 데 시간과 돈을 낭비할 만큼 의미 있게 학교에 다니지 못했고, 그냥 무사히 졸업만 했다.

총각 딱지

남자 중학교, 남자 고등학교를 나온 나는 여자를 만나 본 적이 없었다. 그래서 나의 눈은 땅바닥에 있었다. 웬만한 여자면 나의 심장은 그냥 사랑스러운 여자로 받아들였고, 주책없이 아무 때나 두근거렸다. 건축과에는 여자가 몇 명 없었다. 그중에 절반은 또 누나였다. 하지만 나에게 그런 건 중요하지 않았다. 여자가 있다는 사실만이 중요했고, 여자가 있다는 사실만으로도 성과는 있었다. 신입생환영회 때 같은 과 동갑이었던 K양과 친해지게 된 것이다. 이렇게 여자 사람과 친밀도를 유지한 건 태어나서 처음이었다. 예쁜 얼굴은 아니었다. 난 그냥 여자 사람과 친해져서 대화한다는 것 자체가 내 심장을 따뜻하게 만들었다.

학교생활은 별다를 것이 없었다. 다른 친구들의 전문 대학 생활을 들어봐도 보충 수업만 없지 아침 9시부터 저녁 5시까지 빡빡하게 수업이 있어서 고등학교나 다름 없다고들 했다.

그래도 난 다행이었다. 일주일 중 하루는 오전에만 강 의가 있었고, 3시에 끝나는 날도 있었고, 그렇게 빡빡하 지는 않았었다. 그것 빼고는 나도 같았다. 그냥 가방 메 고 갔다가 중간에 휴강 있으면, 당구 치는 데 따라가고, 끝나면 술 마시지 않으면 집에 가고 그렇게 무의미하게 시간은 흘렀고, 1학기 끝나갈 무렵 난 군대나 빨리 갔 다 와야겠다는 생각을 하게 된다.

그렇게 군에 지원했고, 9월로 입대 날짜가 잡혔다.

군대 가기 전 친구의 자취방에서 술을 마셨다. 고등학 교 때 친했던 친구 3명과 함께 우리는 밤새 술을 마셨 다. 그러다 첫 경험 얘기가 나왔고, 난 아직 첫 경험이 없던 때였다. 친구들은 돈을 거두기 시작했다. 군대 가 기 전에 총각 딱지는 떼고 가야지 하면서 친구들은 나를 데리고 기차역 근처로 갔다.

새벽 5시 무렵이었다. 간판에 ○○공업사라고 적혀 있던 가게의 그녀들도 철수를 준비하고 있었다. 난 친구들의 손에 끌려 어떤 한 서른은 돼 보이는 누나에게 인계되었고, 난 그 누나의 손에 끌려 방문이 많은 골목으로 끌려들어 갔다.

난 분명 손님이었지만 사육을 당하는 어린양 같은 기분이 들었다. 그녀는 그런 양들을 사육하는 양치기 누나 같았다. 최대한 조심조심 양치기 누나의 움직임에 나를 맡겨야 했다.

그런데 술을 너무 많이 마셨다. 나의 자존심은 깨어날 생각을 하지 않고 있었다. 양치기 누나는 투덜거리기 시작했다. 무슨 술을 이렇게 많이 먹고 와서 나의 업무를 난해하게 만들어, 라는 말이다.

양치기 누나는 씩씩거렸지만, 빨리 업무를 종료하기 위해 플랜 B를 시작했다. 양치기 누나는 나의 자존심을 먹기 시작했다. 오마이갓! 비디오로만 봤지 실제로 이런 상황이 나에게 올 줄이야. 내 자존심의 박동수는 로켓처럼 솟아올랐다. 그러나 순식간에 솟아오른 로켓은 너무나 맥없이 폭발해버리고 만다. 젠장! 이 순간 그무엇보다 창피하다는 생각이 먼저 들었다. 폭발하면 무조건 나가야 하는 룰에 따라 난 꼭 전쟁에서 패한 군인 같은 기분으로 양치기 누나의 울타리를 나왔다. 친구들 얼굴 보기가 민망스럽다는 생각이 들었다.

담배를 태우며 밖에서 기다리던 한 친구가 한마디 던졌다.

"야, 담배 한 개비도 다 못 피웠는데 벌써 나오냐?"

군 생활 전반기

난 군대를 빨리 갔다 오고 싶었지만, 주민등록상 1년 늦어서 1995년도에는 신체검사 통지서를 받지 못했다. 그래서 육군에 지원할 수가 없었다. 공군은 개월 수가 너무 많았고, 해병대나 해군은 아예 생각지도 못했다. 난 수영을 하지 못했고, 물가를 많이 싫어한다. 남은 건 의무경찰이었다. 속전속결로 지원하고 난 1995년 9월에 구리의 한 훈련소에 입소했다. 그때만 해도 그냥 교통정리 하는 거로만 알고 있었지만, 실상은 지원병 대부분은 서울의 데모 진압부대로 자대 배치를 받았다.

서울의 ○○기동대 ○○중대에 자대배치를 받고 정말

신나게 맞았다. 이제 와서 드는 생각이지만, 도시 한복판을 걷고, 뛰는 주변 환경과 화염병, 쇠파이프, 돌멩이, 최루탄이 날아다니는 전쟁을 방불케 하는 데모 진압 현장에서 신병들을 관리할 수 있는 건 구타밖에 없었다.

그런데 나보다 20일 먼저 들어온 선임병이 나를 끊임없이 괴롭히는 것이다. 나중에 악이 받쳐 기회를 엿보고 있었다. 이제는 이판사판이었다. 아니나 다를까 닭장 차라 불리는 버스 뒤에서 결전의 순간이 왔다. 그래 지금이야! 그놈 입에서 뭐라고 지껄이는데 들리지 않았다. 난 오른손으로 그놈의 얼굴을 후려쳤다. 순식간에 그놈과 난 뒤엉켜 치고받았고, 선임병들이 몰려들었다. 그 상황을 본 소대장이 선임병들에게 물었다. 무슨 일이냐고? 그런데 다행히 선임병들은 아무 일 아니라고 대답해줬고, 난 하극상을 하고도 영창에 가지 않았다.

그리고 그 후로 20일 먼저 들어온 그놈은 나에게 말을 잘 걸지 않았다. 역시 저런 찌질이들은 한번 받아쳐줘야 해. 군대에서 갈구리는 항상 군 생활 못 하는 놈이

갈구리가 된다는 말은 진리라고 생각한다.

문제는 의외의 상황에서 발생했다. 병장 선임병 중에 변태 쓰레기가 하나 있었다. 불행히도 난 그 쓰레기의 맘에 들었던 모양이다. 아! 여자 한번 제대로 사귀어 보지도 못했는데 이런 어쩔 수 없는 상황에서 쓰레기가 나를 맘에 들어 하다니 하늘은 정말 무심하시다. 취침 후 아침에 눈을 뜨면 그 쓰레기는 내 옆에 누워 있었다. 그리고 일어나려는 나를 끌어안고 놔주지 않았다. 그 쓰레기는 병장이라 늦게 일어나도 됐지만, 난 신병이니 전투화도 닦고, 전투복도 다려야 했다. 그렇게 이틀 정도 지났던 것 같다. 중간 선임병들이 괴롭히기 시작했다. 어떻게든 빠져나와야지 늦게까지 자니까 좋으냐 는 것이었다. 그리고 무엇보다 쓰레기가 이렇게 순수하게 나를 안고만 잘리는 없을 것이란 것이다.

난 결정을 해야 했다. 이렇게 있다가 치명적인 일이 벌어진다면 아마 난 자살을 할지도 모른다고 생각했다. 혼란스러웠다. 누구한테 어떻게 얘기해야 할지 몰랐다. 그리고 얘기를 한다고 해도 문제다. 바로 남자에게 성추

행을 당했다는 피해자로 보일 것이다. 나는 그런 타이틀을 달수는 없었다. 선택할 수 없었다. 그렇다고 이렇게 며칠 더 있다가는 분명 난 쓰레기의 먹이가 될 것이다. 그리고 그놈이 제대할 때까지 난 비참해질 것이다.

그렇게 고민을 하며 보초 근무를 나갔다. 이렇게 먹이가 될 순 없었다. 순식간이었다. 난 고충상담센터에 전화했고, 무슨 일이냐는 수화기 너머의 질문에 난 비겁하게 답을 했다.

"저 구타를 당했습니다."

실제로 그 쓰레기는 나를 때린 적이 없었고, 구타라고 말해버린 난 가해자가 필요했다.

난 구타 피해자로의 타이틀을 선택했고, 그때 한창 바쁜 중간 선임병 이름을 대고 말았다.

군 생활 후반기

구타신고로 한순간 군대조직의 나약한 관리 사병이 된 나는 다른 중대로의 전출을 위해 규율대에 대기하게 되었다. 위로가 되는 건 나 말고 2명이 더 있었다.

하지만 우린 대한민국의 군 조직에서 죄인이나 다름없다. 그래서 규율대에서 대기하는 동안 우리 3명은 웃을 수 없었다.

나의 전출 중대가 확정됐다. 쓴웃음이 나왔다. 더 빡빡하고 힘든 중대로 전출이 확정되었다.

아마 너같이 몇 대 맞았다고 신고하는 나약한 놈은 더 힘든데 가서 더 굴러 봐야 해, 라는 메시지 같았다.

어쨌든 그렇게 난 서울기동대 중 손가락 안에 들 정도로 빡빡하다는 중대로 전출되었다.

난 전출병이었고, 소대장님이나 중대장님은 나를 온화하게 대해 주셨다. 당연하다. 또 뭐로 찌를지도 모른다고 생각하셨을 테니. 그리고 중대에 이미 소문이 다 났을 것이다. 저 새끼 찌르고 전출 온 놈이라고 건드리지 말라고, 한마디로 군대의 왕따가 되는 것이다.

그런데 거기에 약간 나사가 하나 빠진 부엉이처럼 생긴 고참이 하나 있었다. 나보다 50일 먼저 들어온 선임병이었는데 그냥 딱 봐도 정상적인 상태는 아닌 것 같았다. 그 부엉이는 키도 컸고, 주먹도 컸다. 며칠 지났을까? 그 부엉이는 나를 따로 부르더니 "난 네가 어떻게 전출 왔는지 모르겠고, 이렇게 온 이상 적응하면서 지내야 한다."며 큰 주먹으로 내 안면에 강펀치를 날렸다. 전출 오기 전에 수없이 맞아서 별거 아니었지만, 보통은 표시 날까 봐 얼굴은 안 때리는데 이 부엉이는 대책이 없었다. 그리고 정말 맞는 순간, 별이 보였다.

그렇게 새로운 중대에서 생활이 시작되고, 시간이 지

나면서 선임들도 부엉이에게 맞으면서 버티는 나를 조금씩 인정해 주기 시작했다.

1996년 그해 우리나라 전 지역 대학의 지식인들은 폭풍처럼 일어났다. 8월 15일 광복절이 다가올수록 긴장의 상태는 점점 고조되고 있었다. 데모하는 대학생이나 진압을 하는 우리나 서로 같은 청년들인데 세상의 현실에서는 서로 위협을 하고 다치게 해야 하는 이 상황을 어떻게 해석해야 하는지 씁쓸했다. 대학생이 민주주의와 부패에 맞서는 것은 당연한 거고, 정부는 치안을 유지하기 위한 병력을 모두 경찰 인력으로 감당할 수 없으니 군인들을 배치할 수밖에 없는 현실이 되는 것이었다. 누가 맞고, 틀리고는 없다. 그냥 그런 것이다.

5·18 민주화 운동은 군부독재에 맞서 1980년 5월 18일 광주에서 일어난 운동이다. 그래서 5월 18일이 되면 대학에서 연례행사로 데모를 벌였다.

1997년 5월 18일 어김없이 데모는 있었고, 우리 중대는 시위대의 돌발 상황에 대비하기 위해 출동한 상태였다. 난 어느 정도 중간 선임병이 되어 있었다. 데모는 아직은 평화롭게 진행되고 있었기에 우린 버스에서 대기하고 있었다. 그런데 점심 배식차로 오늘 신병이 들어왔다. 난 신병에게 이런저런 얘기를 해주다 그 신병이 서울의 모 대학에 다니고 있다는 것을 알게 되었다. 난 호기심에 5·18이 뭔지 알아? 라는 질문을 했고, 그 신병의 답은 간단했다. "모릅니다." 난 어이가 없었다. 난 바로 다시 질문했다. "그럼 데모는 무슨 생각으로 했느냐?" 신병의 대답은 지극히 현실적이었다.

"학생회에서 참석률 높은 과에 컴퓨터를 놔주겠다고 해서, 과대표가 많이 참석해야 한다고 해서 했습니다."

다단계

19 97년 11월 드디어 난 제대했다. 모든 군인이 그렇겠지만, 나에게는 좀 특별했다. 평범하게 고생하면서 갔다 왔으면 좋았겠지만, 지저분한 사고와 전출, 옆에서 돌에 맞고 입에 거품을 물고 쓰러지는 선임병을 목격하는 전쟁터 같았던 데모진압 현장 등, 휴가를 나와서 중대에 복귀하려면 처음에는 눈에 눈물이 맺힐 정도로 군 생활이 지옥과도 같았다.

어쨌든 내무부 시계도 돌아갔고, 나 또한, 제대하게 되었다. 하필이면 IMF 외환위기가 터진 그해다.

지옥과 같은 군 생활을 마치고, 세상에 나온 내게 더 지옥 같은 세상이 기다리고 있었다. 물론 난 아직 학교를 졸업하지 않은 학생의 신분이었기에 직접 느끼지는 못했지만, 그때 사회 분위기가 그랬다는 것이었다.

어쨌든 외환위기도 나에게 직접적인 영향을 미쳤다. 복학까지 몇 개월의 시간이 있었고, 난 아르바이트를 해야 하지만, 자리가 없어서 고민하던 때 아주 신기하게 먼저 제대한 선임병에게서 전화가 왔다. 그것도 서울에 사는 선임병이었다. 그때 한참 PCS라는 핸드폰이 보급되어 급성장할 때였는지 공짜가 많았다. 말로만 공짜지 뭔가 분명 있었을 테지만, 제대가 얼마 남지 않은 선임병들은 핸드폰을 샀고, 번호를 남기고 제대할 수 있었다. 그 선임병은 일자리가 있다고 했고, 숙식도 해결할 수 있다고 했다.

난 의심의 여지 없이 서울로 올라갔다. 군 생활 때도 나름대로 후임들에게 착했던 선임병이었다. 그 선임병에 대한 이미지가 좋았기에 의심의 여지는 없었다. 그렇게 나를 생각해 주다니 역시 착하게 살면 세상은 날 버리지 않는구나. 'IMF라는 놈도 별거 아니네'라고 비웃으며 서울행 기차를 탔다.

기차에서 내려 선임병이 얘기한 지하철역으로 이동했다. 역에 선임병이 마중 나와 기다리고 있었다. 반갑게 인사를 하는데 뭔가 모르게 얼굴이 많이 상해 보였다. 그리고 갑자기 지하철역에 있던 서점으로 나를 데리고 가는 것이다. 그러더니 서점에 진열되어 있던 책을 한 권 뒤적거리며 나에게 보라는 것이다. 정확히 기억은 안 나지만, 유통에 관련된 책이었던 것 같다. 그리고 역을 나와 어떤 빌딩 지하 커피숍으로 이동했다. 점점 선임병의 행동은 뭔가 부자연스러워 보였고, 나의 촉은 뭔가 이상하다고 신호를 보내고 있었다.

커피숍에 앉아 선임병의 얘기를 듣고 있었다. 아무튼, 계속 뭔가 찜찜하다고 생각하고 있는데 정장을 입은 두 남자가 우리가 앉은 테이블로 오더니 앉는 것이다. 그리고 선임병은 나를 그 두 사람에게 인사시켜 주었다. 그리고 그 두 정장의 남자는 나에게 뭐라고 주저리주저리 설명하고 있었다. 난 들리지 않았다. 그 두 정장의 X들이 앉는 순간 나의 온몸의 세포들은 눈치를 챘다. 아! 말로만 듣던 다단계라는 거로구나…. TV에서 뉴스로만 봤지, 이렇게 나에게도 접근하다니 역시 서울은 스케일이 다르다는 감탄을 하고 있었기에 그 두 정장 X들의 말은 들리지 않았다. 내 온몸은 주변 상황 파악에 들어갔고, 자리에서 일어나야 한다는 생각밖에 없었다. 가려는데 잡으면 어떡하지, 라는 공포심이 나를 휘감았지만, 난 이 X들과 육박전을 각오하고 일어서서 재빨리 일어나 출구로 향했다. 다행히 탈출은 성공했다.

다행히 나는 돈을 벌기가 그렇게 쉽지만은 않다는 걸 알고는 있었다.

IMF 외환위기의
고통분담

서울에서 다단계의 맛을 본 나는 일단 돈은 적어도 근처에서 아르바이트하기로 했다. 다행히 구인광고 신문을 보고 바로 구할 수 있었다. 치과에서 이를 치료할 때 쓰는 거라고 했는데 정확히는 기억나지 않는다. 사장님하고 아주머니 3명이 일하고 있었다. 공장같이 생긴 건물이었는데 간판 같은 것도 없고, 회사 이름도 없고 아무튼 사장님이 서울에서 사업하다 망해서 기계만 들고 와서 여기서 재기하려고 하는 거라는 설명만 들었다.

아무튼, 내가 하는 일은 단순한 일이었고, 사장님은 잘한다고 맘에 들어 하셨다. 누구나 잘할 수 있는 일이었다. 첫 월급을 받았다. 중간에 시작해서 온전한 한 달은 아니었지만, 월급을 받았다. 월급은 "야호!" 하는 기쁨이 되지 못하고 "뭐지?" 하는 실망감으로 다가왔다. 아주 적었다. 완전히 한 달이 아니더라도 계산상 너무 적었다. 아주머니들은 여기서는 돈 보고 일 못 한다고 나를 위로해 주었다. 그리고 외환위기로 어려운 세상이니 이거라도 어디냐는 암묵적인 상황도 담겨 있었다.

아르바이트 자리는 구하기 힘들었고, 월급이 아무리 적어도 모두가 같이 어려운 이때 회사의 정확한 상황이 어떤지 모르지만, 무조건 어려우니 우린 희생을 감수해야만 한다는 사회적인 분위기가 흐르던 때라 감수해야만 했다.

공장이 버스정류장과 좀 떨어져 있어서 사장님이 직접 봉고차로 우리를 출·퇴근시켜주었었다. 면허가 없던 내게 사장님은 학원비를 줄 테니 면허를 따서 봉고차를 끌고 다니라는 것이다. 나보고 아주머니들 출·퇴근을 시켜 주라는 얘기였다. 그래도 면허가 없던 나는 아르바이트한테 학원비까지(그 당시 면허를 따려면 무조건 학원에 다녀야 했는데 70~80만 원 가량 들여야 면허를 딸 수 있었다.) 대준다는 사장님의 달달한 말에 그래도 나를 잘 봐줘서 열심히 하면 나한테는 득이 되겠다 싶었다. 난 열심히 일했고, 시간은 흐르고 있었지만, 사장님은 그 후로 운전면허 학원 얘기를 꺼내지도 않았다. 젠장! 낚였다.

그렇게 한 달이 지나고 월급날이 다가오고 있었다. "야호!"는 아니지만, 이제 완전한 한 달 월급을 받을 수 있으니 이번에는 그래도 "응!"은 해야겠다고 마음먹고 있었다.

하지만 외환위기의 검은 기운은 나를 삼키기 위해 다가오고 있었다.

어느 날 공장에 사람들이 찾아 왔다. 경찰이라고 하면서 사장님을 찾았고, 여기저기 뒤지기 시작했다. 그리고 잠시 후 난 수갑을 난생처음 봤다. 사장님의 두 손목에는 수갑이 채워져 있었고, 떨리는 목소리로 괜찮다고 일하고 있으라는 말을 남기고 봉고차에 태워져 사라졌다.

사장님은 서울에서 부도를 내고 도망 다니는 신세였으나 돈은 계속 벌어야 했기에 이렇게 숨어서 기계를 돌리고 있었다. 이제는 잡혀가니 이 공장은 망한 것이고, 너희의 월급은 줄 수 없다. 잘 있어라, 라는 얘기라는 걸 아주머니들과 나는 알고 있었다.

　　난 그 공장에서 총 45일을 일했고, 받은 돈은 15일 치였다. 나머지 30일은 한때는 사업가였을지 몰라도 도망자였던 그 당시 흔했을 법한 범죄자를 위해 무료봉사를 의도치 않게 하고 말았다.

2,750원

한순간에 회사가 망하고 실업자가 된 한 집안의 가장이 느꼈을 삶의 고통만큼은 아니었지만, 나름대로 아르바이트 월급까지 뜯기며 외환위기의 고통을 분담하고 있으면서 일단 복학할 때까지는 뭔가 해야 했다.

난 다시 구인광고를 보고 공장을 찾아갔다. 그런데 모양새가 여기도 좋지는 않았다. 얼마 전 월급을 떼이고 잔뜩 경계심이 오른 나에게 외환위기의 고통이 반복될 거 같은 무거운 기분이 들었다. 여기도 공장 한편에 기계 한 대 갖다 놓고 사장님이 직접 기계를 돌리고 있었고, 사장님의 어머니가 밥을 해주고 있었다. 그러니 달랑 사장님 혼자였다. 기계는 버섯 재배할 때 쓰는 용기로 플라스틱 제품을 찍어내는 사출 기계였다. 플라스틱을 제품으로 만드는 사출기는 정지할 수 없다. 왜냐하면, 정지를 한번 하면 다시 정상 제품이 나오기까지 시간과 재료가 많이 들기 때문이다. 업무의 방식은 이랬다. 사장님과 내가 맞교대로 주·야간을 하는 것이었다. 토요일까지 하고 일요일은 쉬는 거였다.

난 선택의 여지가 없었다. 다시 아르바이트를 구하기도 힘들거니와 주·야간으로 일하는 거여서 그런지 그 당시 급여 조건치고는 괜찮았다.

일은 매우 힘들었다. 여름이라 더웠는데 사출기계 자체에서 열이 나와 더 더웠다. 그리고 왔다 갔다 하면서 원료도 넣고, 쉬는 시간도 계속 기계를 돌려야 했기에 쉬는 시간도 식사 시간도 사장님이 교대해 주셨다. 며칠 지나고 사장님과 친해지면서 이런저런 얘기를 하다 보니 여기도 IMF로 인해 사업이 악화하여 사장님 혼자 하시게 됐다고 했다. 난 빌었다. 제발 도망자만 아니어라. 이번에도 월급 뜯기면 세상을 원망하는 찌질이가 될 것 같았다.

 내가 열심히 해서였는지 사장님은 나에게 매우 잘 해 주셨고, 사장님 어머니는 밥을 항상 잘 차려 주셨다. 집에서 먹는 밥보다 더 맛있고 고기반찬도 자주 나왔다.

 이제 한 달이 다 되어가고 그만둘 때가 되었다. 난 미안했다. 들어올 때 3개월은 할 수 있다고 했지만, 거짓말이었다. 아마 사장님도 실망하셨을 것이다.

 그리고 마지막 날 끝날 즈음 기계 주변 청소를 하다가 감전되고 말았다. 기계를 양손으로 잡게 됐는데 양쪽 팔에 찌릿한 느낌이 왔다가 이내 사라졌다. 그 느낌은 매우 강했다. 갑자기 난 현기증이 나는 것 같았다. 사장님은 괜찮으냐고 물어는 봤지만, 병원에 가보자는 말은 없었다. 난 분명 약간의 현기증으로 힘이 없어졌다.

 인사를 하고 집에 오던 중 은행 ATM기에서 급여를 확인했다. 99만 7,350원. 현기증에 서운함까지 밀려 왔다. 그렇게 잘 해주더니 백만 원 채워 주지, 하는 서운함이 들었다. 아마 한 달만 했던 게 사장님 입장에서는 꽤

씸했던 것 같다. 감전된 나는 다음날까지 온종일 누워 있었다. 소변에서는 피가 나왔다. 그리고 저녁이 되니 몸은 조금씩 정상으로 돌아왔다. 그때 왜 병원에 가서 검진을 받을 생각을 못 했는지 지금도 모르겠다. 아마 검진받겠다 말할 용기가 없었던 걸까? 분명 일하다 난 사고인데, 사장님과 좋게 지냈던 기억에 방학이 되면 다시 가고 싶었지만, 방학이 되어도 다시 가지는 않았다.

2,750원의 서운함은 지워지지 않았다.

어머니의 재혼

아직 대학 졸업이 1년이 남은 상황에서 고민이 생겼다.

그동안 힘들게 공장을 다니면서 나의 뒤 바라지를 해준 어머니에게 남자가 생긴 것이었다. 그리고 재혼까지 생각하고 있다는 의중까지 알게 되었다. 좀 당황스러웠지만, 군대까지 갔다 왔고, 재혼을 생각하고 있다는 사실을 알아버린 이상 뭔가 정리가 필요했다.

어머니의 의중은 내가 학교를 졸업하면 그때 재혼에 대해서 생각해 보겠다고 하셨다. 하지만 난 어머니의 눈만 봐도 안다. 지금 매우 힘들며, '이제는 집에서 살림이나 하면서 편하게 지내고 싶은 마음이다.'라고 말하는

51

어머니의 눈을 읽을 수 있었다.

아버지와 행복한 가정생활 한번 해보지 못한 어머니였고, 나 또한 그다지 어머니에게 좋은 아들이지 못했기에 여자의 몸으로 오랜 시간 동안 공장에 다니며 많이 힘들었을 것이다. 그냥 어머니가 불쌍해 보였다. 그런 어머니의 눈과 그동안 고생하셨을 어머니를 생각하니 하루라도 빨리 어머니가 행복해졌으면 좋겠다는 마음이 앞에 있었다.

문제는 딱 하나였다. 내가 학교를 졸업하는 것이었다. 졸업만 하면 그다음은 내가 알아서 살면 되니 학교졸업만 아무 일 없이 하면 되는 것이었다. 대충 잔머리를 굴려보니 어머니가 회사를 그만두게 되시면 퇴직금하고, 내가 아르바이트를 하면 어떻게 될 것 같았다. 지금 생각해 보면 간단한 문제는 아니었던 것 같지만, 그때는 간단한 문제였다.

젊었으니까, 어떻게든 되겠지. 난 가끔 대책 없이 지를 때가 있다. 어머니의 재혼 문제도 학교 문제가 해결될 것 같아서 일단 추진하기 시작했다. 하루라도 빨리하서서 편하게 사시는 게 낫다는 생각에 빠르게 추진되었다.

나는 어머니의 재혼 상대인 아저씨를 따로 만났고, 이런 저런 얘기를 하면서 식은 빨리 올렸으면 하는 생각이라고 내 생각을 전하였고, 그분 또한 잘 살겠다고 하셨다.

결혼식 날이 되고, 어머니의 형제분들이 오셨다. 이모와 삼촌 등 어머니 식구들은 잔치 분위기였다. 당연히 형제가 고생하다가 이제 새 출발을 하려 하니 모두 같은 마음이었을 것이다.

난 이모와 삼촌들에게 대견하다는 칭찬을 들었다. 지금 생각해도 소심한 성격이었던 내가 아저씨를 따로 만나 재혼을 추진했던 게 의아하긴 하다.

나도 결혼을 하고 나중에 든 생각이었지만, 어머니의 재혼은 결국 나에게도 많은 도움이 된 것이다. 홀어머니를 모시고 사는 외아들에게 시집을 오고 싶어 하는 여자는 많지 않을 것이다. 어머니가 재혼을 안 하시고 계셨고, 내가 결혼하면서 따로 사신다고 했어도 아마 난 마음 편히 결혼할 수 없었을 것이다.

결국, 어머니의 재혼은 나를 위한 것일 수도 있었다.

K양

入대 후 얼마 지나지 않아 난 한 학기 다니는 동안 친했던 K양에게 사귀자는 편지를 보냈다. 학기를 다니는 동안 사귀자고 해볼까 하다가 싫다고 하면 학교 다니기 어색해질 것 같아서였다. 예상한 답장이 왔다. 그냥 친구로 지내자는 것이었다. 그리고 지금 사귀는 사람 있다는 것이다. 내가 군대 온 지 얼마 되지도 않았는데 벌써 남자가 생겨? 역시 여자의 마음은 갈대라고 생각되었지만, 나하고 사귄 것도 아닌데 그런 생각을 하는 내가 더 이상한 것이다.

제대를 하고 1998년 2학기 때 복학을 했다. K양은 졸업 후 설계사무실에 다니고 있었다. 어떻게 연락이 되었고, 학교에 다니는 동안 난 K양을 가끔 만나서 밥도 먹고 술도 한잔하면서 친구처럼 지내게 되었다. 난 뜻밖에 K양과 말이 잘 통했고, 우린 만나는 횟수가 늘어가고 있었다. 그리고 내 마음에서도 점점 친구라는 선으로 그어지고 있었다.

그러던 어느 날 저녁 K양에게 전화가 왔다. 전화기 너머로 흐느끼며 K양은 나에게 지금 와줄 수 있느냐고 물었다. K양의 집과 우리 집은 기차로 1시간 거리다. 난 왜 그랬을까? K양의 전화에 난 바로 기차역으로 달려갔고, K양과 만난 시간은 자정이 다 되었다.

눈에는 눈물이 글썽거리며 K양은 서 있었다. 난 K양을 진정시키며, 일단 어디에 앉아야 했다. 그렇게 공원에 앉아 새벽까지 난 K양의 얘기를 들어 줬다. 내용은 식구들과 술 한잔 하다가 언니와 싸웠다는 것이다. 물론 그때 K양의 입장에서는 매우 슬픈 일이었겠지만, 친구의 슬픔을 위로해 줘야 한다고 기차를 1시간이나 타고 와서 이 새벽에 공원에 앉아 있는 나는 뭔가 모르게 내가 더 불쌍하다는 생각이 들어 버렸다. 도대체 왜 간 거야? 새벽에 K양을 집에 데려다주고 난 찜질방에서 잤다. 그리고 난 다음 날 점심 해장까지 같이 해주는 K양에게는 점잖은 친구가 되었지만, 나 자신에게는 도대체 뭔 짓을 하는 거니, 라고 묻고 있었다.

얼마 후 난 여느 때와 다름없이 K양과 저녁을 먹고, 술을 한잔하고 있었다. 그날의 일에 난 좀 찜찜하긴 했지만, 사람이 흥분하다 보면 실수를 할 수도 있고, 어떻게 하다 보니 나에게까지 연락을 하게 된 건가 보다 하고 나 자신을 위로하고 친구의 실수를 감싸줄 수 있어야 한다고 생각하고 있었다. 어느 정도 시간도 되었고, 둘 다 어느 정도 술기운이 올라오고 있을 때였다. K양은 나에게 강펀치를 한 방 날린다.

"너 군대 있을 때, 나한테 사귀자고 편지 보냈었잖아. 좀 더 일찍 얘기하지."

물론 술 마시고 술기운에 실언한 것일 수도 있다. K양 자신도 모르게, 내가 그날 저녁 K양의 전화를 받고 늦은 저녁 기차역으로 향한 것처럼 그래도 애인이 있는 K양이었고, 난 친구라는 이름으로 K양을 계속 만나면 안 되겠다는 생각이 들었다. 뭔가 모를 배신감도 느껴졌다.

그 후로 난 K양을 만나지 않았고, 여자와는 친구로 지내지 않겠다는 나의 기준을 갖게 된다.

변화구

복학하고 예비역으로 학교에 다니면서 난 평범한 상식을 깨고 있었다. 예비역 복학생은 항상 맨 앞줄에 앉아서 강의를 듣는다는 편견과 공부를 열심히 한다는 편견을 난 과감하게 깨고 있었다.

애초에 뜻 있어서 들어온 과도 아니었고, 먼저 졸업한 형들이 건설현장 기사로 근무하고 있는데 여기저기 옮겨 다녀야 하고, 매일 술을 마셔야 한다며, 당시 술을 잘 마시지 못했던 나에게는 다른 일을 찾아보라는 조언이 쏟아지고 있었다. 그 누구도 똑같이 너하고 안 맞을 것 같다는 조언이었다. 난 이상하게 형들의 조언을 아무런 생각 없이 아주 빨리 받아들였고, 학교는 그냥 졸업하는 데 의의를 두기로 하고 다녔다. 가정 형편상 열심히 해서 장학금을 받아야지 하는 생각을 하지 못했다는 게 아직도 철이 덜 들었던 것이다.

2년이라도 대학 생활인데 여자 친구 한 번은 사귀어 봐야 하지 않을까, 라는 나의 의지는 몇 명 안 되는 여자들을 관찰하고 있었다. 이제는 사귀자고 했는데 싫다고 하면 같은 과라도 그냥 덤덤하게 다닐 수 있는 마음의 준비가 되었다. 이것이 예비역의 힘일까? 다행히 복학하니 모두 나이는 나보다 어렸다. 그중에 한 여자아이(S양)가 눈에 들어왔다. 98학번으로 이제 20살이지만, 예쁘장하고 성격도 활발해서 보기 좋았다. 남자 친구도 없다고 했다.

난 누가 먼저 집적대기 전에 내가 먼저 찔러봐야겠다고 생각하고 결행에 옮겼다. 난 이상하게 가끔 내가 그렇게 실천력이 좋은지 감탄할 때가 있다.

"너 나랑 한번 사귀어 볼래?"

정말 거침이 없다. 정면 돌파, 직구를 던졌다. S양의 대답은 애매했다.

"오빠, 저 CC(같은 과에서 사귀는 게)는 좀 그래서요"

난 거절로 받아들였다 그런데 알고 보니 난 2학기 때 복학을 한 거고, S양은 1학기 때 동갑인 같은 과 K군과 사귀다가 헤어진 상황이었다. 더욱이 그 K군은 나를 잘 따르던 착한 동생이었다. 그리고 K군은 S양을 잊지 못하고 계속 바라보던 중이었다. 제기랄, 알았다면 입도 뻥긋 않았을 텐데, 졸지에 착한 동생 여자에게 집적댄 선배가 된 것 같은 지저분한 기분이 들었다. 그 후로 난 S양에게 말을 걸지 않았고, K군에게는 죄지은 것 같아서 껄끄러웠지만, 다행히 K군은 별다른 티를 내지 않았다. 고마웠다.

나의 돌직구는 그렇게 녹아 버렸고, 변화구를 던졌어야 했다고 자책을 해야 했다.

하지만 여자의 마음은 정말 알 수가 없다. S양과 말없이 지내던 어느 날 S양이 나에게 변화구를 던졌다.

"오빠 남자가 한번 물어보고 끝내는 게 어디 있어요?"

그렇게 나의 대학 2년 생활은 여자 한번 사귀어 보지도 못하고 한심하게 지나갔다.

 80만 원

건축이란 전공으로 먹고살기를 애초에 포기했던 나는 아파트 관리비, 가스비 등의 부담을 안고 먹고 살아야 하니 한 달이라도 쉬는 기간을 두면 안 되었다.

2000년 2월 졸업을 하자마자 묻지 마 지원을 시작한다. 그러다가 전자부품 제조업체 자재관리로 입사하게 된다. 한마디로 공장에서의 관리 업무였다.

급여 조건은 한 달에 88만 원이었고, 상여금이 200% 있는데, IMF 이후로 지급이 안 되고 있다고 했다. 회사의 사정이 좋아지면, 상여금은 다시 지급될 것이라고 했다.

한시가 급한 나에게 이것저것 따질 때가 아니었다. 일단 무슨 일이든 시작을 해야 했다. 자재과는 딱 2명이었다. 대리 한 명하고 나하고, 작긴 작은 회사였다.

생산라인에서 자재를 요청하면 창고에서 지급해주고, 수입하는 원자재를 남아서 입고시키는 것이었다. 가끔 은행에 가서 수입되는 원자재에 대한 지급 보증서라는 걸 받으러 나가는 경우가 있었다.

첫 달은 정신없이 흘러갔다. 어디서든 처음에 업무를 파악하고 익히는 데는 힘들고 시간이 필요한 법이다. 그리고 문제는 수입되는 원자재가 김포공항을 거쳐 화물차로 들어오는데 항상 늦은 저녁 시간에 들어오는 것이다. 보통 밤 9~10시 사이에 들어오는 경우가 많아 보통 퇴근 시간이 밤 9시~11시였다.

아침 8시에 출근해서 하루 12시간이 넘도록 회사에 있고, 토요일 또한 무조건 출근이고, 일요일도 일단 출근을 하고 12시쯤 돼서 눈치 봐가며 퇴근을 했다.

한 달은 그렇게 업무를 배우며 정신없이 흘렀다. 거의 개인 생활은 없는 거나 마찬가지였다. 두 달이 다 되어

가면서 지치기 시작했고, 뭔가 이상하다는 생각이 들기 시작했다. 두 번째 월급을 받고 3개월째 근무를 하면서 난 조금씩 정신 줄을 놓기 시작했다.

개인 생활도 없이 30일 내내 출근하는데 월급은 88만 원이다. 그것도 세금을 빼면 딱 80만 몇천 원이었다. 첫 달도, 두 번째 달도 월급은 100원 단위까지 똑같았다.

더군다나 입사 시 들었던 회사의 경영악화로 인한 상여금 미지급에 대한 부분도 실상은 달랐다. 총무과와 영업부 내부자들의 얘기를 들어보면 회사는 이익을 내고 있지만, IMF 이후로 사장님이 지급하지 않고 있다는 것이었다.

첫 직장이었고, 난 실의에 빠졌다. 남아서 오래 다닌다고 해도, 직원들에게 거짓으로 상여금을 지급하지 않는 경영자의 회사를 계속 다녀 봐야 미래가 없다고 생각했다.

난 술을 마시고 다음 날 회사 자재창고에 들어가서 문을 잠그고 자는 등의 정신 줄을 놓는 행동으로 삐딱하게 나가다가 나 자신이 더 추해지는 것 같아서 그만뒀다.

첫 직장이라 미련이 남아 있었던 것 같다.

그 당시 IMF를 핑계로 이익이 나던 회사도 상여금을
미지급하는 악덕 경영주가 종종 있었다고 한다.

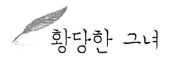

황당한 그녀

첫 직장을 다닐 때 회사 형이 여
자 친구를 소개해 줬다. 나보다 한 살 많았고, 공장을
다니다가 쉬는 중이라고 했다. 그렇게 나쁘지는 않았다.

사나이로 태어나서 24살을 먹도록 여자를 사귀는 건
처음이었다. 난 여자를 만나 는 게 서툴렀고, 육체적인
욕망이 앞섰다.

처음에는 둘이 평범하게 영화도 보고, 기차여행도 다
녔다. 그렇게 점점 친해지고 있었고, 그럴수록 나의 육
체적인 욕망은 커져만 갔다.

하루는 둘이 술에 만취해서 시내 공원 벤치에 앉아
있었다. 서로 가까워지고 있었고, 나는 이제 키스를 할

때가 되었다고 생각하고 있었다. 그리고 늦은 밤 더군다나 술에 서로 취해 있으니 지금이 기회라고 생각하고 있었다. 술기운도 올라왔겠다, 난 뻘쭘하게 시계를 한번 쳐다보았다. 11시가 갓 넘었다. 난 그녀에게 뭐라고 했지만, 기억이 나지 않았고, 대범하게 다가가 키스를 시작했다. 그녀의 입술은 약간 두툼한 편이었는데, 정말 느낌이 좋았다.

난 키스로 이렇게 황홀해질 수 있다는 감탄을 하며 정신을 잃었다. 그렇게 정신을 잃고 황홀함을 느끼다가 눈을 떠보니 신기하게 그녀와 난 어느 노래방 앞에서 키스하고 있었다. 뭐지? 난 시계를 보고 깜짝 놀라지 않을 수 없었다. 새벽 1시였다.

결론적으로 키스를 2시간이나 했다는 결론이 나왔다. 진짜 2시간을 한 건지 나도 의심스러웠다. 그런데 정말 그녀의 키스는 황홀했다.

또 하루는 그녀를 내 친구들에게 소개해 주게 되었다. 처음으로 사귄 여자 친구고, 처음으로 친구들에게 보여주어서인지 친구들은 그녀에게 너무나 잘해줬다.

그런데 술을 너무 많이 먹였다. 1차가 끝나고, 2차가 끝나고, 노래방을 가는데 그녀가 노래방 입구에서 주저앉아 버렸다. 난 할 수 없이 그녀를 택시에 태웠고, 그녀가 사는 동네로 갔다. 가는 동안 정신이 들 줄 알았는데 그녀의 동네에 도착해도 일어나지 못하고 있었다.

일단 택시에서 내렸다. 문을 닫은 가게 앞에 앉아 난 어떻게 해야 할지 생각하고 있었다. 이렇게 안 일어난다면 난감하다고 한쪽 뇌는 당황해하고 있었고, 다른 한쪽 뇌는 어쩌면 오늘이, 라는 음산한 미소를 짓고 있었다.

아주 잠깐 고민하다가 모텔로 들어갔다. 그녀를 침대에 눕히고 난 잠시 앉아서 고민했다. 아무리 여자 친구지만, 치사하게 술에 취해 정신을 잃은 여자를 그렇게 한다는 게 조금 찔렸다. 하지만 이내 나의 마음은 우리가 애들도 아니고 24살, 25살 먹은 총각, 처녀고, 더욱이 서로 둘이 사귀는 사이라면 그냥 아무 일 없이 자는 게 더 이상한 거 아닐까, 라는 의무감이 생겼다. 난 조심스럽게 침대 위로 올라갔고, 그녀의 상의 단추를 하나씩 풀고 있었다. 한 3개 풀었을 때였을 것이다. 그녀는 갑자기 눈을 떴다. 그리고 나에게 그 무엇보다 강력한 한마디를 던졌다.

"임신하면 책임질 거야?" 난 순간 정지 화면인 듯 움찔했고, 책임이라는 단어는 어떠한 무기보다 강력했다. 그리고 난 바보 같은 한마디를 하고 침대 밑에서 잠을 자야 했다.

"아니."

콘돔이라는 것도 있는데 말이다. 그녀는 무슨 생각이었을까? 여자는 정말 알 수가 없다.

첫사랑

3개월이라는 짧은 첫 직장의 고통을 뒤로하고 두 번째 취업을 하게 된다. 대기업에 컴퓨터 부품을 납품하는 제조업체였고, 내가 맡은 업무는 품질관리라는 업무였다. 근무여건이나 급여여건에서 첫 직장보다는 나았다. 형들하고도 친해지고, 마음 잡고 오래 다녀야겠다는 생각이 들었다.

이 두 번째 직장에서 난 첫사랑을 만나게 된다. 그녀는 영업부 경리였고, 나보다 3살이 많았으며, 7년이나 사귄 남자친구에게 차인 분노를 여기저기 소개팅으로 표출하고 있었다. 난 그녀를 누나라고 불렀지만, 그녀에게 자꾸 눈이 갔으며, 우린 조금씩 친해졌고, 종종 대화를 나누게 되었다.

　어느 날 술자리에서 난 조심스럽게 사귀어 보는 게 어떻겠냐고 물어봤고, 다행히 그녀는 좋다고 했다. 그날 이후 우리는 연예를 시작했으며, 퇴근 후의 시간을 거의 같이 보냈다. 호프집에서 술에 취해 오픈된 테이블에서 우린 창피한 것도 모른 채 키스를 하곤 했다. 계산하려고 계산대로 가면 호프집 사장님은 우릴 보고 흐뭇한 미소를 지으셨다.

　그녀와 데이트를 끝내고, 집에 밤 11시쯤 들어와서 방에 누워 천장을 바라보고 있으면, 가슴이 두근거렸다. 방금 헤어졌는데도 보고 싶었고, 만지고 싶었고, 키스하고 싶었다. 그렇게 두 달이 넘고 있을 때 우린 흔들리기 시작했다. 그녀는 28살이었고, 결혼에 대해 생각할 나이였다. 그녀의 친구들은 술자리에서 3살이나 적은 남자친구와 결혼이라는 걸 생각할 수 있을까, 라는 의문을 던지기 시작했고, 그녀는 그런 친구들의 의문을 깊이 생각하기 시작했다.

　그녀는 내가 결혼을 늦게 해야지 하면서 애써 친구들

에게 둘러대지만, 흔들리기 시작했다.

　여자를 잡으려면 주위 사람들을 먼저 공략해야 한다는 말은 맞는 것 같았다. 난 어린 마음에 그녀들의 친구들이 미웠다. 그렇게 한번 흔들린 마음은 다시 잡기에 서로 진지해지고 있었으며, 조금씩 서로 헤어지는구나, 라는 걸 느끼고 있었다.

　15년이 넘은 지금도 그때 방바닥에 누워 천장을 바라보며 두근거렸던 마음이 어렴풋이 머릿속에서 기억이 난다. 그리고 헤어지는 날 내 집에서 그녀와 난 펑펑 울었다. 우린 그렇게 서로 마음은 사랑하지만, 결혼할 수 있는 상황이 못 되기에 헤어지는 슬픈 연인이었다.

　그렇게 난 두 번째 직장을 6개월 만에 그만두었고, 헤어졌지만, 그녀를 잊지 못하고 슬퍼하면서 세 번째 직장을 다니게 되었다. 난 슬픔에 모든 게 재미가 없었고, 직장에서도 활기차지 못하게 되었다.

　헤어진 지 6개월이 지났지만, 난 그녀가 그리웠고, 퇴근하던 길에 영화의 한 장면처럼 그녀를 보게 되었다. 그녀는 남자와 손을 잡고 선글라스를 끼고 내 앞을 지

나가고 있었다. 그녀와 난 눈이 마주쳤고, 그녀는 나의
눈을 피해 허공을 바라보며 지나갔다.

　그 날 이후로 난 그녀를 더는 그리워하지 않게 되었
고, 얼마 후 그녀의 결혼 소식을 듣게 되었다. 그리고 나
의 마음에서 완전히 지워졌다.

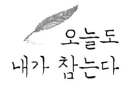

오늘도
내가 참는다

세 번째 직장은 작은 회사였다. 시작한 지 얼마 안 된 회사였다. 첫사랑의 슬픔을 뒤로하고 시간이 지나면서 적응하고 있었고, 여기서도 난 품질관리 업무를 맡고 있었다.

1년쯤 되었을 때었던 것 같다.

어느 날 차장님이 저녁에 시간 되느냐고 물어보는 것이다. 저녁이나 사주려나 보다 하고 따라갔는데, 거래업체 로비를 하는 자리였다. 난 술상무로 끌려갔던 거였다. 거래회사에서는 과장하고 부장이 나왔다. 저녁을 뭘 먹었는지 기억나지 않지만, 식사가 끝나고, 단란주점으로 자리를 옮기게 되었다. 좀 차분한 곳 같았다. 내 옆에는 마담이 앉았는데 굉장히 예뻤다.

술자리는 생각보다 조용했고, 아가씨들도 떠들거나 하지 않고 차분한 분위기였다. 난 평소 마시지도 않고, 잘 마시지도 못하는 양주를 계속 받아 마셔야만 했다. 나야 술상 무로 끌려갔으니 말은 하지 않았다. 그저 조용히 술만 받아마셨다.

너무 조용해서 마음에 들지 않았던 건지 술자리는 다른 단란주점으로 옮겨졌다. 2차로 간 단란주점은 분위기가 좀 달랐다. 분위기가 활기차 보였다. 들어온 아가씨들은 옆에 앉아 손님들에게 말을 걸며 술을 따랐고, 노래를 부르기 시작했다. 와우! 접대는 이제 시작인 것 같았다.

난 술이 약했다. 그런 내가 양주를 퍼마셨으니 정신이 없는 상태였다. 그런데 내 옆에 앉은 아가씨는 더 가관이었다. 접대하러 온 아가씨가 실연당한 얼굴로 앉아서 혼자 홀짝홀짝 술을 따라서 마시고 있었다. 난 어이가 없어서 뭔 일이냐고 물어봤고, 그 아가씨는 정말 실연을 당한 상태였다. 어떻게 하다 보니 난 그 아가씨의 애기를 들어주고 있었고, 이야기의 결론은 그 아가씨는 유부남을 사귀었고, 이혼한다던 그 유부남이 이별 통보를 한 것이었다.

그 유부남은 하필 오늘 이별 통보를 하는 바람에 졸지에 난 그 아가씨의 슬픔을 위로해주고 있었다. 어느새 난 그 아가씨와 서로 건배를 하면서 술을 마시고 있었고, 옆에서는 일어나서 아가씨들과 노래를 부르고 난리가 난 상황이었지만, 난 실연당한 유흥주점 종업원 아가씨의 슬픔을 위로해 주고 있는 시트콤 같은 상황이 연출 되고 있었다.

분위기가 한껏 올라온 상황에서 거래업체 과장이 마이크에 대고 나에게 한마디 했다.

"용배 씨! 용배 씨도 한 곡 해야지?"

난 술에 취해 멍한 상태였고, 아무 노래도 생각나지 않았다. 그러다 최근 재미있게 봤던 영화 주제곡이 생각났다.

제목 '오늘도 참는다.'

"세월의 풍파 속에 길들여진 나의 인생. 화나도 참는다. 슬퍼도 참는다. 인생은 그런 거야."라고 시작하며 나는 힘껏 불렀다. 그리고 나에게는 다시 노래를 권하지 않았다.

접대 자리에서 밑에 직원이 부르기에는 좀 모호한 노래였다고 생각한다.

서울

세 번째 직장을 무덤덤하게 보내던 어느 날 나의 젊은 혈기는 갑갑해 했다. 출근하면 온종일 공장 안에서 생활하는 게 너무 지겨웠다. 현장 사람들처럼 쉬는 시간 딱딱 지키면서 하는 근무도 아니었지만, 난 지루해하고 있었다. 공장 뒤로는 산이었고, 개미 새끼 한 마리 보이지 않았다. 난 이렇게 갇혀 살아가야 한다면, 최소한 여자라도 많은 공장에 들어가자는 생각이 들고 있었다. 지극히 젊은 남자 사람으로서 이직을 결심하는 데 한가지의 이유가 될 수 있었다.

1년하고 몇 개월 더 다니고 세 번째 직장을 그만두었다. 그리고 생활정보지의 구인광고를 보던 나는 "여기

는 왜 공장밖에 갈 데가 없는 거야!"라며, 생활정보지
를 던져 버린다.

난 고민에 빠졌고, 다시 세 개의 회사를 지나오면서
다른 직업에 대한 동경을 꿈꾸기 시작했다. 그리고 나
의 머릿속에는 말은 제주도로 보내고, 사람은 서울로
보내라는 말에 대해 진지하게 생각하기 시작했다. 그리
고 난 무작정 서울로 올라가 버린다.

그때 나는 무엇을 하고 싶은지 나 자신에게 물어봤어
야 했다. 무작정 올라가서 닥치는 대로 해보자는 건 내
인생에 대한 성의가 부족한 것으로 생각한다.

숙식 해결이 먼저였기에 일단 기차를 타고 서울로 올
라가서 숙식을 해결할 방법을 찾았다. 그 당시 제일 만
만 했던 것이 고시원이었다. 신촌의 한 고시원에 가게
되었다. 지하였다. 싸다는 건 다 이유가 있는 것이다.
그리고 다시 내려가서 짐을 챙겨서 서울로 올라갔다.

고시원은 정말 좁았다. 침대는 발바닥이 닿을 듯 말
듯 작았고, 책상과 의자가 하나 있었다. 서서 두 팔을
뻗을 수 없었던 것 같다. 공용으로 쓰는 냉장고에는 각

자 갖다 놓은 반찬들이 있었고, 밤에 누워 있으면, 옆 방에서 조금만 움직여도 들렸다. 이런 열악한 환경에서도 사랑은 피어난다고 한다. 사랑하는 남녀가 참지 못하고, 거침없는 사랑의 행위를 하다가 쫓겨나는 경우도 있다고, 총무라는 사람이 그런 일이 없길 바란다는 취지로 나에게 얘기해 주었다. 공용 세탁기도 있었다.

나는 밤에는 그냥 자고, 낮에는 PC방에 가서 이력서를 넣었다. 밥은 편의점에서 삼각 김밥과 컵라면으로 해결했다. 그러다 한 번씩 분식집에 가서 따뜻한 밥을 시켜 먹었다. 그렇게 서울의 생활이 시작되었고, 나는 서울에서의 삶에 대한 확신에 차 있었고, 무서울 게 없었다.

하지만 구인광고는 지방 전문대를 나온 나에게는 모두 별 볼 일 없는 것뿐이었다. 공부하면서 일하실 분이라는 구미가 당기는 광고는 분명 학원이었고, 안 가봐도 처음에 학원 등록하라는 걸 분별할 정도는 되었다. '웨딩 플래너'라는 건 처음 본 직업이라 구미가 당겼다. 남녀를 만남부터 결혼까지 전반적으로 책임을 지고 관리해 주는 것이라 했다. 말은 그랬지만, 신입사원들과 사장님의 면담에서 난 결국 영업을 해야 한다는 사장님의 조언을 알아차리고, 그냥 나와 버렸다.

세상은 그렇게 만만한 것이 아니었다.

뒤통수

결과적으로 내가 서울로 올라갔던 일은 나쁘지만은 않은 일이었다. 난 대기업 계열사의 프랜차이즈 업체에 점장 구인공고에 지원했고, 취업하게 된다. 난 서울에서의 생활을 기대했지만, 전국에 매장이 있던 회사는 나를 고향으로 발령을 내 버렸다. 난 서울에서의 생활을 어이없게 마무리하고 고향으로 내려갔다.

2002년에만 해도 프랜차이즈라는 업종이 생소했었고, 생각보다 취업의 문턱이 낮아 나에게도 기회가 있었던 것 같다. 그룹의 한 계열사였기에 그룹에서 대학 4년제 이상의 그룹 공채가 있었고, 나처럼 사내에서 자체적으로 2년제 대학 이상 뽑은 사내 공채가 있었고, 아르바이트를 오래 하다가 발탁이 돼서 채용되는 경우도 있었다.

열심히 하면 출신에 상관없이 승진하게 되기는 하지만, 보이지 않게 그룹 출신들과 사내 출신들의 보이지 않는 무언가 있었던 건 어쩔 수 없었다. 그리고 그룹에 ROTC 출신들의 모임이 따로 있다는데 적지 않게 놀랐다. ROTC는 군대이건만 사회생활에서 그런 것도 무슨 모임이 될 정도로 사회는 집단으로 선을 긋고 있는 것 같았다.

난 몇 개월간 기존의 점장 밑에서 일을 배우고, 점장으로 발령이 났다. 점장 생활은 매우 흡족했다. 출·퇴근 시간은 있었지만, 중간중간 시간을 자유롭게 쓸 수 있었다.

그리고 일주일에 한두 번 본사와 매장 간의 중간 관리자인 수퍼바이저라고 불리는 점장들의 직속상관만 피해 잘 생활하면 너무나 편했다.

점장들은 매출에 상관없이 월급을 받았기에, 매출은

그다지 신경 쓰지 않았고, 아르바이트 관리와 재고의 손실에만 관심이 있었다. 일단 아르바이트가 없으면 점장이 직접 근무를 해야 했으니 보통은 근무 태도가 다소 좋지 않아도 별말을 하지 않았다. 재고 손실은 직접 변상을 하지는 않지만, 품목에 따라 상식적으로 과도하게 발생 시에는 변제되기도 했다. 하지만 그 정도로 손실을 내는 경우는 그다지 많지 않았다.

난 생각보다 아르바이트 관리나 재고 손실 관리에 있어서 양호한 편이었고, 수퍼바이저와의 관계도 괜찮았다. 난 점장에서 수퍼바이저로 진급이 확정되었고, 본사에서 교육까지 받았지만, 당장 지역 직영점에 점장이 모자라는 상황의 발생으로 당분간 점장으로 근무하게 되었다.

나의 오점은 점장으로 다시 근무하면서 발생한다. 수퍼바이저 교육까지 받고 온 상황에서 난 점장으로의 근무에 나태해졌다. 아르바이트 중에 똘똘한 남자애가 하나 있어서 모든 업무를 맡겨 버렸다. 그리고 난 왔다 갔다 시간만 죽이고 있었다. 가끔 오는 담당 수퍼바이저도 나한테는 별말을 하지 않았다. 나태함은 결과로 나타났다. 재고 실사 결과가 나왔는데 전국에서 3번째로 많은, 그동안 내가 보였던 성실함에는 상상도 할 수 없는 재고 손실이었다. 재고 실사를 한날 그 똘똘하고 나에게 살살거리던 그 아르바이트 놈은 출근하지 않았다.

　나중에 팀장님은 나에게 불만 있어서 그런 거냐고 물었고, 난 아무 답도 하지 못했다. 그리고 다행히 경위서 한 장으로 마무리가 되었다.

고3 소녀

　　2000년대 초반 원조교제라는 범
죄가 쟁점이 되었었다. 돈이 필요했던 중고등학교 여학
생들이 20대 이상 성인들에게 돈을 받고 성관계를 하
는 것이었다.

　난 차가 없었기에 매장까지 시내버스를 타고 출·퇴근
하였다. 내가 점장으로 있던 매장 인근에는 여고가 있
었고, 난 출근 시간에 항상 여고 학생들로 가득 찬 버
스를 타고 출근을 하였다. 평소 매장에 자주 오던 단골
학생들도 눈에 띄곤 했다.

　어느 날 버스에서 평소 매장에 자주 오던 여학생이
나에게 대뜸 전화번호를 물어봤다. 요즘 애들 대차다고

하더니 이렇게 적극적이다니, 내가 당황스러웠다. 난 두 눈을 똥그랗게 뜨고 나에게 전화번호를 묻는 여학생에게 쓸데없는 질문을 했다. "왜?"

그냥 그래 우리 매장에 자주 오는 단골이니 연락처 알아 놓겠느냐는 멘트로 넘겼어야 했다. 그 소녀의 답은 간단했다. "문자 보낼게요." 교복을 입은 그 소녀는 그냥 나에게 재미있는 여동생으로 보였고, 난 번호를 가르쳐 줬다. 정말 그날 점심부터 점심 잘 먹었느냐는 문자부터 틈틈이 문자가 오기 시작했다. 난 재미있어서 답장을 꼬박꼬박 해주었다.

그 소녀는 고3이었고, 이제 수능이 얼마 남지 않은 상황이었다. 난 26살이었고 소녀는 19살이었다. 하긴 요즘 같은 때 19살이면 신체적으로 성인이나 마찬가지였지만, 교복을 입은 모습은 나에게 귀여운 여동생으로밖에 보이지 않았다.

어느 날 소녀는 일요일에 영화를 보자는 제안을 했고, 난 별생각 없이 그러자고 했다. 일요일이 되어 난 소녀를 만나기 위해 시내 극장으로 향했다. 그리고 거기

서 난 소녀가 아닌 여자로 변신해 있는 소녀를 보게 된
다. 교복을 입고 있던 모습만 보다가 짧은 미니스커트를
입고 화장을 한 소녀는 너무나 예쁜 아가씨였다.

난 순간 가슴이 두근거리기 시작했다. 뭐지? 이렇게
예뻤었나, 라는 감탄이 나왔고, 영화에 집중되지 않았
다. 영화가 끝나고 나와서 밥을 먹으러 가는데 그 소녀
가 밥을 사겠다는 것이다. 학생이 무슨 돈이 있다고 산
다는 건지 의아했지만, 남자가 영화 보여 줬으면 여자
가 밥을 사줘야 한다면서 자기가 사겠다는 것이다. 요
즘 애들 정말 다르구나 하는 생각이 들게 했다. 따지고
보면 나이 차이도 얼마 나지 않는데 세대 차이 같은 걸
느꼈다. 그 소녀는 적극적이었다. 내 팔을 잡고 스티커
사진도 찍자고 나를 잡아끌고 들어가 사진도 찍었다.
그 스티커 사진은 결혼하기 전까지 내 사물함에 보관
되어 있었다.

그리고 집에 바래다주는 길에 나도 모르게 손을 잡게
되었다. 그리고 소녀는 이런저런 얘기를 하는데 아버지
가 공무원이라는 것이다. 경찰 공무원.

헉! 식은땀이 났다. 가뜩이나 요즘 원조교제니 뭐니 민감한 때다. 난 소녀의 집까지 가다가 소녀의 아버지에게 걸리면 바로 교도소 감이라는 식겁한 생각에 중간에 소녀에게 작별 인사를 하고 집으로 왔다. 그리고 다음 날부터 소녀에게서 문자는 오지 않았고, 매장에도 오지 않았다. 버스에서도 보이지 않았다.

난 수능의 스트레스에 시달리던 고3 여학생의 일탈에 잠시 이용당한 어리숙한 한 성인 남자 사람이었다.

인연

난 여자와 밀고 당기기 같은 건 하지 못한다. 사귀자고 했는데 싫다고 하면 난 그냥 포기해 버린다. 서로의 마음이 같다면, 그냥 한번에 좋다고 하는 게 맞다고 생각한다.

아내를 처음 만난 건 친구들의 술자리에서였다. 세 명의 여자가 앉아 있었다. 우리보다 한 살 많았지만, 한 친구가 친구를 먹는 바람에 모두 친구가 되었다. 처음에는 세 명의 여자에게 별 관심은 없었다. 그런데 몇 번 만나다 보니 그중 한 명에게 호감이 가기 시작했다.

수수한 옷차림에 요즘 여자들 같지 않게 꾸밀 줄도 몰랐던 것 같다. 난 그런 수수한 모습과 소탈한 모습에 점점 관심이 갔고, 한번 사귀어 보는 게 좋을 것 같아서 사귀자고 했다. 아내는 단칼에 거절했다. 친구는 친구일 뿐이란다.

난 여자와 친구로 지내지 않겠다는 다짐을 했다. 그래서 얘기했다.

"난 여자하고 친구 안 해. 사귈 거 아니면 그만 만나자. 이제 술자리에 나갈 일 없을 거야 잘 가라." 하고 헤어졌다.

그동안의 다른 여자들하고는 달리 좀 왠지 모르게 다른 느낌이었다. 아쉬움이 남았었다. 그렇게 며칠이 흘렀고, 아내에게 잘 지내느냐는 안부 문자가 왔다. 난 여자와의 관계에서만큼은 좀 단호한 편이었다. 난 차갑게 "문자 같은 것도 보내지 마"라고 답장을 했다.

2~3주 정도 흘렀을 때였다. 친구의 술 한잔 하자는 전화에 나갔다. 뜻밖에 아내가 앉아 있었다. 어색해지기 시작했다. 친구는 아내와 나와의 일을 모르고 있었던 모양이었다. 아내는 어색함을 달래기 위해 좀 과장하는 행동을 했다. 난 그런 아내의 행동에 뭔가 모를 느낌이

왔다. 아! 다시 얘기하면 될 것 같았다. 그날따라 아내
도 나도 술을 많이 마셨다.

술자리가 끝나고 헤어졌다. 난 술자리에 다시 사귀자
는 말을 하지 못했다. 집에 가서 전화했다. 난 바로 말
하지 못하고 주저리주저리 딴 얘기를 하다가 마지막에
슬쩍 "우리 사귀는 거지?" 하고 운을 뗐다.

대답은 잠깐 뜸을 들이고 나왔다. 좋다는 대답이었
다. 전화를 끊고 서로 술을 너무 많이 마셨는데 기억
안 난다고 하면 어떻게 하지, 라는 걱정을 안고 잠이
들었다.

다음날 일어나서 난 확인 전화를 했다.

"우리 사귀기로 한 거다. 나 술 아무리 많이 먹어도
기억은 다 해."

그녀는 알았다고 했고, 나중에 다음날 모른 척했으
면, 자기도 모른 척하려고 고민했었다고 한다.

인연은 어떻게든 다시 만나게 되어 있는 것 같다.

결혼

난 결혼이라는 걸 생각해 본 적이 없다. 가장 먼저 경제적인 능력이 없었다. 어머니는 재혼하신 상태였고, 나 혼자 알아서 해결해야 하는데 당시 프랜차이즈 점장이라는, 겉만 뻔지르르하고 급여가 적은 실속 없는 직업이었고, 통장 잔액은 몇백만 원 정도였던 것 같다.

그나마 다행이었던 건 나의 명함에는 대기업 로고가 박혀 있었다는 것이었다. 대기업의 로고는 어른들에게는 심리적인 안정감을 줄 수 있는 나의 마지막 무기였다. 내가 서울로 올라가서 다시 내려오긴 했지만, 서울에 가서 대기업 프랜차이즈에 취업했으니 결국 서울로의 상경은 내 인생에 도움이 되었다.

아내와 난 연애를 시작하면서, 누가 뭐랄 것도 없이 당연히 결혼이라는 걸 생각하고 있었다.

그러다 명절에 아내의 집에 인사를 드리러 가게 되었고 아내가 집에 남자를 소개해 주는 일이 처음이었기에 온 집안의 시선이 나에게로 향해 있었다. 등줄기에 땀이 흘러내렸다.

내가 기억하는 건 아내가 왜 좋으냐는 질문에 난 수수한 모습이 좋았다고 답한 기억밖에는 없다. 그렇게 인사가 끝나고, 장인어른은 결혼에 대한 구체적인 계획을 갖고 오라고 하셨다.

그렇게 우리의 결혼 준비는 시작되었고, 얼마 후 상견례를 하고, 날짜를 잡게 되었다.

문제는 부잣집에서 태어나 걱정 없는 사람들 빼고 대부분 남자가 걱정해야 하는 집 문제였다. 지금 사는 12평 영구임대 아파트는 정황상 나 자신도 아니라고 생각하고 있었다. 어머니와 난 고민에 빠졌고, 다행히 어머니 쪽에서 3천만 원의 대출금이 생겼고, 시내 외곽에 17

평 전세 아파트를 구했다.

신기했다. 결혼이라는 걸 해야겠다고 시작하니 난 결혼이란 걸 못해 볼 거라고 생각했던 일들이 어떻게든 해결되는 게 나도 결혼을 할 수 있다는 생각으로 긍정적으로 변화되고 현실이 되어 가고 있었다.

다행히 아내의 집에서는 내 사정을 어느 정도 알고 있었고, 아내가 좋다고 하니 받아들이는 수순이었다. 아내는 신혼집 전세도 빚으로 시작한다는 사실을 부모님께 말씀드리지 않았으니 말조심하라고 했다. 난 떳떳하지는 못했지만, 결혼식을 잘 치렀고, 지금도 아내에게 고맙게 생각하고 있다. 정말 세상에는 아내 같은 여자도 있었다.

결혼식 두 달 전쯤 갑자기 나에게 우울증 비슷한 게 찾아왔다. 새로 얻은 신혼집에서 혼자 생활하고 있었는데 자려고 누우면 잠이 오지 않았다. 모든 게 일단 준비는 되었지만, 집에 들어간 대출금을 갚아야 하고, 직장도 급여가 많지 않아 그 월급 갖고 살아갈 수 있을까, 하는 온갖 잡념이 나를 괴롭히고 있었다.

결국, 난 술에 의지하며 살았고, 어느 날 술에 취해 아
내에게 헤어지자는, 해서는 안 될 말을 뱉고 말았다. 난
다음 날 일어나서 나 자신을 책망하며 아내에게 빌었
고, 그렇게 술주정이라는 촌극으로 마무리되었다.

난 남자로서 배짱 같은 건 없는 소심한 사람이었다.
그래도 포기할 수는 없었다. 두려움이 나를 감싸고 있
었지만, 난 살아가야 할 뿐이었다.

쑥스러운
무전여행

친구들과 무전여행이라고 하기엔 다소 쑥스러운 여행을 다녀온 적이 있었다. 여느 날과 마찬가지로 술을 마시던 친구 3명과 난 사회생활을 시작하기 전에 무전여행이라는 추억을 한번 남겨보자는 생각을 하였다. 우린 술을 마시면서 다짐했고, 며칠 내로 떠나기로 했다.

그래 한번 가 보는 거야, 이렇게 젊은 날을 밋밋하게 보낼 수는 없다며 결의에 차 있었다.

처음에는 기차를 타고 부산까지 내려갔다가 집까지 걸어오자는 계획이었으나, 술이 깬 우리는 다소 멀다는 걸 스스로 인지하고 있었다. 그래서 계획은 축소되고 기차로 두 시간이 좀 안 되는 논산 역까지 갔다가 걸어 오기로 최종 계획을 세웠다.

계획을 세우고 막상 가려니 내키지 않았는지 한 명이 포기하였고, 나와 두 명의 친구들은 한 명이 포기하니 싱숭생숭했지만, 그래 그냥 가보자면서 출발했다.

기차역에서 밤 11시가 넘은 막차였다. 논산 역에는 새벽에 도착하였다. 우린 걸어서 집까지 가는 게 취지였기에 기차가 왔던 길로 걷기 시작했다.

일단 걷기 시작했는데 새벽이 되고 잠잘 곳이 필요했다. 한창 걷고 있는데 다행히 폐가가 나왔다. 폐가에는 부서진 살림 도구들이 있었고, 다행히 봄인지 가을인지 다소 서늘했지만, 잠을 자는 데는 무리가 없었다. 무서웠다. 귀신이라도 나올 것 같았다. 그래서인지 설 잠을 자고 부스스하게 일어나 라면을 끓여 먹었다. 폐가에는 20대 초반으로 생각되는 여자의 일기장도 있었다. 우린 일기장을 읽으며 킥킥거리며 웃고 있었다.

잠도 자고 배도 채웠고 우린 다시 걷기 시작했다. 물이 없어 씻지 못했던 우리는 걷다가 교회를 발견하고,

교회의 마당에 수돗가가 있어서 세수하고 이를 닦을 수 있었다. 그리고 계속해서 걷고 있는데 날씨가 심상치 않았다. 하늘은 흐리고 비가 올 것 같았다.

한참을 걷다가 이렇게 걷다가는 너무 오래 걸릴 것 같아서 중간 정도까지 차를 얻어 타기로 했다. 남자 셋이서 영화에서처럼 엄지를 치켜들고 서 있었더니 신기하게 태워주는 사람이 있었다. 그분은 서울까지 간다고 가다가 집 근처에서 내려 주겠다고 했지만, 우린 가다가 중간에 내렸다. 이렇게 논스톱으로 집까지 갈 수는 없었다. 우린 무전여행 중이었다.

저녁때가 되니 비가 오기 시작했다. 우린 어느 마을로 뛰기 시작했고, 마을 입구에는 마을회관이 있었다. 우린 마을 회관으로 들어갔고 동네 이장님이 계셨다. 우린 사정을 얘기했고, 이장님은 우리의 신분증을 검사하신 후 하루 자고 가라고 허락하셨다. 우리의 두 번째 밤은 어딘지 정확히 기억이 나지 않는 어느 마을의 마을 회관이었다.

아직 시골의 인심은 푸짐했다. 다음 날 아침 이장님

은 아침을 먹으라며 우릴 부르셨고, 정말 평소 내가 먹는 밥의 두 배는 되어 보이는 그릇에 가득 담아 주셨다. 밥상에는 이장님과 이장님의 아내분 그리고 할머니, 아이 둘이 있었다. 우리까지 대가족이 되었다. 그 밥을 다 먹고 난 더 먹어야 했다. 이장님의 아내분은 사양하지 말라고 하시며 나의 빈 밥그릇을 서슴없이 갖다가 밥을 더 담아 주셨다. 난 안 먹을 수 없었다. 정말 배가 터지는 줄 알았다.

우린 태풍이 온다는 기상 일보를 접하고 하루는 폐가, 하루는 어느 마을의 마을 회관이었던 2박 3일의 단출한 무전여행을 접었다. 참으로 쑥스러운 무전여행이 아닐 수 없다.

정년퇴임의 점주

　　　　　수퍼바이저는 본사와 매장 점주
간의 중간적인 조율자이다. 점주들에게는 본사의 방침
을 얘기하고 유도하면서, 점주의 불평불만을 들어주고
수퍼바이저의 재량 한도 내에서 해결해주고 본사에 건
의해 주는 역할이다.

　어느 날 팀장님한테 전화가 왔다. 어느 매장에서 지
금 고객에게 클레임이 접수되었으니 빨리 가보라는 것
이었다. 난 하던 업무를 중단하고 바로 갔다.

　가보니 고객으로 보이는 어떤 여자 분이 어이가 없다
는 듯이 팔짱을 끼고 매장 앞에 서 있었고, 점주는 안
에서 카운터를 보고 있었다.

일단 나는 상황파악을 위해 매장 안으로 들어가서 점주에게 상황을 물어봤다. 점주는 고객이 사간 상품이 고장 나서 반품하러 왔는데 누가 고장 냈는지 어떻게 아느냐며 반품을 해줄 수 없다고 버티고 있었고, 고객은 갖고 가서 펼쳐 보니 고장이 나 있었다고 바꿔 달라는 상황이었다.

그 상품은 분명 포장을 뜯고 펼쳐봐야 정상인지 아닌지 알 수 있는 상품이었고, 물론 고객도 바로 펴보지 않고 그냥 갔다가 펴보니 불량이어서 난감할 수도 있는 상황이다.

나는 일단 밖에 서 있는 고객에게 가서 "죄송합니다. 고장 난 상품이니 반품 도와 드리겠습니다."라고 정중하게 얘기했고, 그제야 그 고객은 점주를 욕하며, 이런 사람이 어디 있느냐며 주저리주저리 성토했다.

고객을 돌려보내고 나는 점주와 상담을 시작했다. 점주는 끝까지 고객에게 사과하지 않았고, 잘못한 것이 없다는 태도였다. 난 원론적인 이야기로 서비스업에서 상품에 따라 상황에 따라 어느 정도는 감수해야 할 부분이고 무조건 안 된다고 버틸 일이 아니다, 앞으로는 먼저 고객에게 사과부터 하고 상황에 따라 정 안 되겠으면 나에게 먼저 연락을 하고, 먼저 반품을 해주면 내가 처리해 주겠다고 했다. 그리고 결정적으로 그 상품은 고장 유무와 관계없이 계절적인 상품으로 반품이 가능했던 상품이었다.

나의 이야기에 점주는 반응하지 않았고, 끝까지 인정할 수 없다는 표정이었다. 점주들을 겪다 보면 이 정도 각오도 없이 장사하겠다고 시작했다는 게 의아할 뿐일 경우가 많았다.

그 점주는 공무원이었다고 한다. 정년퇴임을 하고 아내와 매장을 같이 운영하려고 시작한 것이었다. 프랜차이즈는 누구나 접근하기가 쉬운 사업이다. 투자금만 내면 본사에서 알아서 오픈을 시켜주니 카운터 보는 일하고 발주하는 일만 어느 정도 손에 익으면 누구나 쉽게 시작할 수 있다. 하지만 수십 년간 회사나 공무원으로의 한 조직에서 근무하면서 퇴임 때에는 아래로 많은 부하 직원을 거느렸던 정년퇴임의 점주들은 나름대로 강직한 소신이 있었다. 그런 강직한 소신은 이 사람 저 사람을 상대하는 다양하고 복잡한 사람들의 생각에 유연하게 대처하기에는 다소 무리가 있었다.

우리가 불친절하다고 느끼는 어떤 사장님들은 과거에 나름대로 한 조직의 강직한 상관이었을 가능성이 크다. 단지 마음의 준비가 안 된 상태에서 자영업으로 진출했다가 현실 앞에서 경직된 일면을 노출하고 마는 것이다.

수퍼바이저

수퍼바이저는 본사와 점주 사이에서 중간 소통의 역할이라 할 수 있다. 그래서 항상 어느 한쪽의 입장에서만 바라보면 안 된다.

물론 본사에서 월급을 받는 몸이고, 본사의 방침을 매장에 적용해야 하는 것이 수퍼바이저의 주 업무이다. 하지만 어떻게 적용하냐가 수퍼바이저의 능력이 되는 것이다. 점주의 성향이나 매장의 주변 여건을 고려하지 않고 고지식하게 글자 그대로 무조건 본사의 방침을 고수하는 수퍼바이저도 있다. 그렇게 되면 점주와 본사의 연결 고리인 수퍼바이저와 점주 간의 소통에 문제가 생기고 그 순간부터 매장은 엇박자를 내게 되어있다.

점주의 불평불만을 잘 들어주고 권한 안에서 해결할 수 있는 일은 신속하게 해결해주어 점주에게 믿음을 먼저 보여주어야 한다. 그렇게 점주들의 신임을 먼저 얻어야 업무가 수월해지고, 결국 실적 면에서 다소 쉬워지며, 본사로부터 담당 수퍼바이저로서 인정받게 되는 것이다. 내가 생각하는 수퍼바이저의 역할이다.

유통업이란 게 아이러니한 면이 많다. 월급을 받는 입장이었지만, 실적은 항상 꼬리표처럼 따라다닌다. 난 수퍼바이저로 근무하면서 현실적인 유통업의 실상을 알아가고 있었다.

일단 실적이란 내가 맡은 10~15개의 매장에서 평소 매출도 중요하지만, 행사 상품의 매출이었다. 목표는 무조건 전년 대비 상승이다. 발주는 점주들의 재량이지만, 행사 상품의 경우 거의 할당이 정해진다. 전년도에 매출 얼마였으니까 올해는 몇 % 상승해서 얼마라는 식이다. 하지만 전년도 매출은 전년도 수퍼바이저의 밀어내기식 고육지책이었던 경우가 대부분이다. 분명 다 팔지는 못했지만, 수퍼바이저가 끌어안고 어떻게든 매출로 잡았을 것이다. 물론 안 그러는 수퍼바이저도 있다.

하지만 실적은 인사고과에 반영되기에 이 회사에서 자신의 성장을 포기하지 않는 이상은 어느 정도에서 결정해야 한다. 수퍼바이저가 끌어안고 가는 악성 행사상품은 나름대로 손해를 보든가 직영점에서 헐값에 판매하든가 아니면 부정한 방법으로 처리하는 방법도 있다.

우리는 실질적인 고객과 대응하는 판매 사원이다. 판매 사원은 자신이 판매하는 상품에 확신과 믿음을 갖고 있어야 판매를 할 수 있다는 말은 상품의 경쟁력이 객관적으로 어느 정도 확보된 상품을 판매하는 회사가 할 수 있는 얘기라고 생각한다. 그런데 누가 봐도 상품의 질이나 가격 면에서 경쟁력이 없는데도 행사 때마다 밀어내기식 판매 행사가 시행된다는 건 매출의 증가가 이루어졌다고 말하기에 미안할 정도로 점주에게나 수퍼바이저에게나 할 짓이 못되었다.

어느 업종이든 성장에는 회사의 특별한 경쟁력 외에도 관련된 종사자들의 희생이 어느 정도 반영이 되어 있다는 걸 생각해 보고, 우린 감사해야 한다.

자영업

수퍼바이저로 근무하며 유통업에 대한 회의를 느끼고 있으며, 월급에 비해 이리저리 이동하면서 유지하는 비용도 만만치 않아 당시 첫째 아이를 가진 아내와 어떻게 살아가야 할까 고민을 하고 있을 때였다. 그 당시 나는 30세였다.

회사의 직영점 매장이 너무 많아 수익성이 악화되자 직원을 대상으로 괜찮은 조건으로 매장 점주로의 전환을 제안하고 있었다. 물론 회사는 퇴직해야 하고, 처음 투자비용이 매우 매력적으로 적었다. 난 퇴직금하고 이래저래 모으면 될 것 같았고 대충 따져보니 이렇게 수퍼바이저로 근무하는 것보다는 수익 면에서 나을 것 같았다.

아내의 반대가 있었지만, 일단 나는 수익성을 위해서는 현재 상황에서 최선이라 생각하고 추진하였다. 내가 점주로 간 매장은 경쟁 점포가 생기면서 매출이 반 토막이 났고, 수익성이 악화하자 점주의 매장관리는 방치되고 있었다.

매출과 상관없는 직영점 점장이 아닌 매출은 이익과 직결되는 점주였다. 난 열심히 했다. 경쟁 점포보다 친절하려고 노력했고, 경쟁 점포에서는 돈이 별로 되지 않는 서비스 차원의 상품을 취급하지 않았고, 난 서비스 차원의 상품을 더 친절하게 취급하였다. 매장의 청소도 주기적으로 했으며, 아르바이트는 동생들처럼 아껴 주었다. 물론 당사자들은 어떻게 생각했을지 모르지만, 나름대로 회식도 가끔 하고 명절 때는 선물세트도 챙겨 주었다.

몇 개월이 지나자 결과는 예상외로 컸다. 매출이 상승을 시작했고, 나의 수익금은 생각했던 것보다 늘어났다. 처음에 반대했던 아내도 예상외의 수익에 안도했다.

난 그렇게 역시 노력하면 된다는 벅찬 마음에 매장

운영에 집중했고, 2년의 재계약 기한이 다가오고 있었다. 처음 계약 할 때 4년이라고 했지만, 2년 후 재계약이란 단서가 붙었었다. 4년은 보장하지만, 2년 후 재계약이라는 단서는 뭔가 했다.

나 같은 경우를 염두에 두고 2년 후 재계약이란 단서가 있었던 것이다. 역시 본사는 치밀한 놈들이었다. 매출이 상승해 점주의 수익률이 올라가니 저 매출이었을 때 주던 혜택을 거둬들이는 것이었다. 그때는 회사의 상황이 좋지 않아 더 나쁜 상황을 피하려고 어느 정도의 선에서 계약해 주었지만, 이제는 수익이 높아졌으니 상황이 바뀌었다는 뜻이다. 4년은 보장하지만, 2년 후 재계약이란 것이었다.

다소 수익성이 악화하였지만, 어쩔 수 없었다. 문제는 2년 후였다. 이제 2년 후 계약이 만료되면 분명 지금의 수익에서 급격히 악화할 것이 눈에 훤히 보였다. 2년 후의 두려움이 조금씩 밀려오고 있었다.

난 또 2년 후 선택을 해야 할 것이다. 언제나 그랬던 것처럼….

친목모임 회장의
찌질함

내가 점주로 있던 매장은 시내에서 외곽이었다. 시골의 한 읍내 정도로 마을 형성되어 있던 곳이었다. 그래선지 대부분의 매장 사장님들은 40~50대였다.

어느 날 근처에서 족발집을 하는 사장이라는 분이 찾아왔다. 근처의 상인들끼리 모임이 있는데 한 20명 정도 된다고 했고 자신이 모임의 회장이라고 했다. 가끔 놀러 가고 술도 한잔하는 친목 모임이라는 것이다. 나에게 들어오라는 것이다. 난 생각해 보겠다고 했지만, 모임에 들어갈 생각은 없었다. 어차피 나이 차이도 좀 나고 같이 어울리기는 힘들 것이고 곁꾼이나 할 것이다.

대한민국에서 모임이라는 건 집단을 형성하고 지역에서 영향력을 행사하기 위해 존재하는 게 대부분이라 생각된다. 내가 어느 모임에 소속되어 있는데 나한테 잘못 하면 내가 속해 있는 모임에서 당신을 좋게 볼 수 없으니 어떠한 불이익이 생길지 모른다. 그러니 잘하라는 의중이 담긴 찌질이 같은 행동들을 하게 된다. 난 그런 모임에는 관심이 없었다.

지역에서 장사라는 걸 하려면 분명 지역 사람들과의 유대관계가 중요할지 모른다. 그렇다고 그 당시 정황상 그 모임은 분명 나에게 도움이 되지 못하는 모임이라고 생각했고, 내가 평소 생각하는 건전한 모임은 분명 아니었다. 그래서 들어가지 않겠다는 마음은 변함이 없었다.

다음날 족발집 사장이 찾아왔고, 난 들어가지 않겠다는 의중을 얘기했다. 그 후로 족발집 사장의 치졸한 행동들이 이어졌다.

지역에서 장사하면서 들어와야 좋을 거라고 반협박하고 가더니 툭 하면 매장에 와서 아르바이트들에게 함

부로 했다. 수표를 내는 족발집 사장에게 조회를 해보겠다는 아르바이트에 큰 소리로 "나 여기서 족발집 하는데 무슨 조회야"라고 큰소리를 치는가 하면 손님이 뒤에 서 있는데 급하다고 계산 빨리해달라고 언성을 높이고, 그냥 상품을 들고 나가면서 외상이라고 하고 가는 찌질함을 보여 주고 있었다.

아르바이트들의 불만도 높아지고, 난 이제 무언가 조처해야 했다. 기회를 옆 보고 있을 때 족발집 사장이 매장으로 들어 왔다. 상품을 들고 계산대로 가고 있었다. 난 족발집 사장에게 잠깐 얘기 좀 하자고 하고 매장 밖으로 나갔다. 난 가끔 미친놈 끼가 있는 찌질이었다. 싸움이 커질까 봐 속으로는 겁이 난다. 그래도 해결을 해야 내가 편해질 수 있다. 최대한 기를 죽이기 위해 난 족발집 사장의 눈을 똑바로 바라보며 얘기했다.

"사장님. 우리 매장은 외상 같은 건 절대 안 돼요. 그 누구도 외상은 안 돼요. 그리고 우리 매장이 마음에 안 드시나 본데 앞으로 안 오셔도 되니까 오지 마세요."

족발집 사장은 멍하니 뭐 이런 게 다 있으라는 표정

으로 듣다가 예상외로 아무 말 없이 들고 있는 상품을 계산하고 돌아갔다. 그 후로 족발집 사장은 거의 보이지 않았고, 어쩌다 매장에 와도 조용하게 계산하고 가는 손님이 되었다.

역시 찌질이는 한 번씩 받아쳐 줘야 한다. 난 가슴이 두근거렸었다.

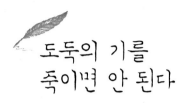

도둑의 기를
죽이면 안 된다

초등학생 때 누구나 문구점이나 동네 가게에서 물건을 훔쳐본 기억이 하나쯤 있을 것이다. 나도 장난감을 훔치다 걸려서 문구점 주인에게 걸려 혼나본 기억이 난다. 처음에 한 번 성공하면 그다음부터는 긴장감 있고, 재미있었던 것 같다.

우리 매장 위에는 학원이 있었다. 나는 어느 날 물건을 슬쩍하는 초등학교 4학년쯤 된 여자아이를 보고 말았다. 난 아이를 쳐다보며 미소를 지었다. 그리고 다시 제자리로 갖다 놓으면 좋겠는데, 하고 말했다. 아이에게는 무엇보다 걸렸다는 두려움이 크게 느껴졌기 때문에 나의 마디마다 두려움을 느꼈을 것이다. 아이는 나의 눈을 똥그랗게 쳐다보며 이내 눈에 눈물이 글썽였다. 그래도 어른으로서 한마디 안 할 수 없었다.

"물건을 훔치면 어떻게 되는 거지? 경찰 아저씨한테 잡혀가는 거지? 물건을 훔친다는 건 나쁜 행동이야. 그러니까 앞으로는 그러면 안 된다."

혹 그렇게 부드럽게 말했을까, '라고 의문이 드는 사람들도 있었겠지만, 그 아이가 훔친 물건이 천원도 안 되는 상품이었고, 나도 딸을 둔 아빠기에 딸 같아서 정말 좋게 얘기했지만, 아이는 울음을 터트리고 말았다.

그렇게 일은 마무리되고 난 조용히 매장에 있는데 전화가 왔다. 아까 훔치다 걸린 여자아이의 엄마였다. 난 그 아이의 엄마라는 사람이 전화기 너머로 하는 얘기를 멍하니 듣고 있을 수밖에 없었다.

내용은 이렇다. 우리 아이가 울면서 집에 왔다. 들어보니 뭐가 먹고 싶어서 그랬다고 했다. 그리고 아저씨가 경찰 아저씨를 부른다고 소리쳐서 무서웠다고 한다. 잘못은 알겠는데 어떻게 우리 아이의 기를 죽일 수 있느냐 뭐 이런 X 같은 말이었다.

그럼 어떻게 하느냐, 물건을 훔치는 아이한테 기를 죽이면 안 되니까 잘했다고 칭찬해주어야 하느냐, 하고 나도 목소리가 높아졌다. 나의 말에 그 엄마도 더욱더 흥분했다.

"얼마야? 내가 물어주면 될 거 아니야?"라고 전화기에 대고 생난리를 피웠다.

난 갑자기 피가 거꾸로 솟는 것 같았다. 눈에 보이는 게 없었다.

"내가 당신한테 물어 달라고 그랬어? 그렇게 떳떳하고 잘났으면 전화로 지랄하지 말고 매장으로 와. 나 여기 있을 테니까." 하고 수화기를 내리꽂았다.

매장에서 기다리고 있었지만, 그 아이의 엄마라는 사람은 오지 않았다. 그리고 며칠 후 들었는데 그 아이는 2층의 학원을 그만두었다고 했다. 그리고 한동안 아이들이 매장에 오지 않기에 이상하게 생각했다. 그러다 한 아이가 들어와 상품을 고르고 있어서 "요즘 친구들 잘 안 오네?" 하고 물었다. 그 아이의 답에 나는 씁쓸했다.

"학원 원장님이 1층 매장에 가지 말라고 했어요."

자만심

인플레이션은 여러 경우에 나타난다고 한다. 그중에 가계의 소비나 기업의 투자, 수출 등이 늘어나서 일어날 수도 있다. 한마디로 어떠한 경우에는 '성장'이라는 말과 같을 수도 있다.

내가 30세부터 4년간 자영업을 하게 된 이 기간은 내 인생에 행운의 인플레이션이 일어나던 시기였다. 자영업을 할 수 있는 만큼의 투자자금이 나에게는 없었다. 어떻게든 내 선에서 해결 가능할 수 있었던 상황은 나에게는 행운이었다. 그리고 그렇게까지 많이 오를 거라고는 생각지 못한 매출의 상승은 정말 나에게 있어 큰 행운이면서 한편으로는 독이었다.

매출상승과 수익상승이라는 열매의 달콤함을 한창 느끼며 지내고 있었다. 직원으로 근무할 때 급여보다 두 배에 가까운 수익이 나다 보니 나에게 이런 날이 오는구나 하면서 어느 때보다도 활기차게 생활했다. 이 기간 다소 여유가 생겨 17평의 전세 아파트 신혼집에서 우린 탈출하여 좀 더 큰 아파트로 생애 첫 내 집 마련이라는 꿈을 이룬다. 정말 꿈만 같았고, 영원할 것만 같았다. 결국, 지금의 결과는 어려서 서울로 향했던 나의 선택의 결과라는 생각이었다. 그리고 그런 선택이 나에게 이런 행운을 안겨 주었다고 생각하며 그때 나의 선택은 괜찮았다고 스스로 흐뭇해 하며 자만하고 있었다.

나의 자신감은 어느새 자만심으로 변하고 있었고, 씀씀이는 조금씩 커지고 있었다. 열매의 달콤함은 나에게 자신감을 심어준 동시에 독이 되고 있었다. 그렇다고 무슨 몇백만 원짜리 명품 같은 걸 사는 것도 아닌데 수익보다 저축은 신통치가 않았다. 어디선가 돈에 대해 관리를 해야겠다는 마음은 있었지만, 한창 수익이 높을 때라 신경이 무뎌졌다. 그렇게 4년의 계약 기간 만료라는 시간이 다가오고 있었다.

만약 내가 정말 똑똑하고 확고한 경제관념이 있었다면, 난 개인 매장을 개점할 계획을 세우지 않았을 것이다. 계약 만료 기간이 다가오면서 난 앞으로 무엇을 해야 할지 결정을 해야 했다. 나는 나의 결정에 자만했고, 개인 매장을 열기로 결심하게 된다.

열심히 열매를 따 먹는 동안 신통치 않았던 저축은 개인 매장을 개점하는데 자금부족이라는 큰 어려움으로 다가왔다. 더구나 모든 시스템이 본사로부터 적용되었던 프랜차이즈와는 달리 개인 매장은 모든 걸 직접 알아보고 적용해야 하는 매우 큰 문제였었다.

매출상승으로 자신감을 느끼고 있던 나는 그것이 자신감이 아닌 자만심이었다는 걸 깨닫지 못했다. 그리고 자만심은 매우 큰 문제들을 하나씩 하나씩 거침없이 해결해 나갔다.

모든 문제는 오픈만 하면 해결되었다. 나의 자만심은 조금 열심히 하면 이 정도의 매출은 나올 것이고, 프랜차이즈 때는 본사와 수익을 나누었지만, 이건 나 혼자

수익을 다 갖고 가니 이 정도면 충분할 거야, 라고 오픈
은 진행되었고, 부족한 자금으로 인한 중고 장비와 부
족한 실내장식에 매장은 허접했다. 그래도 '난 괜찮아.
매출이 어느 정도만 나오면 문제 없어'라는 자기합리화
를 할 수밖에 없는 상황에 직면하게 된다. 매출은 생각
보다 적었고, 수익은 악화 되었다. 난 전전긍긍하며 열
정 없는 하루하루를 보내게 된다.

　난 당시 다 잘될 수 있을 거라는 생각밖에 할 수가
없었다.

방황

행운이 가져다준 달콤함을 겸손함과 성실함으로 미래를 생각했어야 하지만, 달콤함에 취해 자만심으로 시간을 보내버린 나는 결국 보기 좋게 개인 매장을 말아 먹는다. 그리고 두 딸아이의 아빠였던 34살의 가장인 나는 학창시절에도 겪지 않았던 질풍노도의 방황을 하게 된다.

34살의 가을이 지나가던 시간이었다. 개인 매장을 접고 나는 혼란에 빠지게 된다. 개인 매장을 접은 약간의 자금으로 나는 무엇을 해야 할지 방향을 잡지 못하고 있었다. 자금이 적다 보니 자금에 맞는 매장을 생각해야 했다.

공장이 많은 공단 입구에서 커피하고 샌드위치를 팔아야겠다는 생각으로 이것저것 알아보다가 여의치 않아서 포기했다.

그리고 어느 날 배달 책자를 들여다보다가 배달 전문점들의 배달책자 광고비용이 몇십 만 원씩 들어간다는 것을 알고 있던 나는 배달 전문점에서 한 달에 만 원만 받고 평소 배달 전문점마다 쿠폰을 따로 보관하는 불편함을 PC 홈페이지로 관리하면 승산이 있을 것으로 생각하였다. PC에서 한 아이디로 주문과 쿠폰 관리를 함께 하겠다는 생각이었다. 2010년 가을 이제 막 스마트폰이 나오던 시기였다.

위탁으로 홈페이지를 만들고, 배달 전문점마다 명함을 돌렸다. 그리고 아파트와 주택마다 명함을 돌리기 시작했다. 그렇게 온 도시를 돌아다녔고, 길거리에는 불법이지만 현수막도 제작해서 새벽에 걸고 다녔다. 그런데 새벽에 현수막을 걸고 아침에 잘 걸려 있나 돌아보면 주말 아침에 누가 떼어 갔는지 내가 걸어 놓은 현수막은 흔적도 없이 사라져 있었다.

결과는 암울했다. 결국, 지금의 상황에서 혼자 이렇게 밀어붙이기에는 기술적으로나 경제적으로 한계가 있다는 걸 깨달은 나는 점점 포기하고 있었다.

나는 또다시 미래의 두려움으로 전전긍긍하며 술로 하루하루를 보내게 된다. 역시 두려움과 현실도피에는 술이 최고다. 잠시나마 난 술이 없이는 잠을 잘 수 없는 지경에 이르게 되었다.

술에 취해 지내던 나는 세상에서 가장 소중하게 생각해야 하지만, 실상은 대부분 가장 쉽게 생각하는 나의 배우자 아내에게 서슴없이 술주정이라는 걸 하게 된다.

내가 해봐서 그런지 몰라도 아내에게 술주정하기는 세상에서 가장 찌질한 행동 중의 하나라고 생각한다. 그리고 그 시기를 겪고 내 곁에서 묵묵히 버텨준 아내에게 감사하게 생각하고 있다.

이제 당장 생활비가 걱정되는 때가 왔다. 매일매일 술에 취해 있던 나는 가장으로서 가정을 지키기 위해 지금 내가 무엇을 해야 하느냐는 생각을 하기 시작한다.

분명 가정을 이루고 사는 가장은 가정을 지키기 위해

노력 하며 살아야 한다. 세상 모든 가장은 그렇게 살아
간다. 나 또한 가정을 지키기 위해 또 하나의 선택을 해
야 할 뿐이다.

경제는 가정의 화목에 매우 중요한 한 축임을 다시 한
번 느끼는 시기였다.

나는 취업을 하기로 한다.

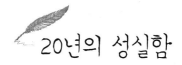

20년의 성실함

나의 이력서에는 오래전 품질관리라는 1년 3개월 정도 되는 경력이 있었다. 그 한 줄로 일단 관리직으로의 취업을 하게 된다. 취업이 되긴 되는구나, 라는 생각이 들었다. 생각보다 급여가 적었지만, 일단 다니고 보자는 생각이었다.

골판지라고 라면 상자 같은 것을 만드는 작은 중소기업이었다. 내가 일할 곳에는 이 회사에서 20년 동안 일하신 분이 한 분 계셨다. 나는 그분과 골판지 표면에 상품의 로고 같은 걸 제 위치에 맞게 인쇄될 수 있도록 위치를 잡아주는 역할이었다.

온종일 그분과 2~3평 되는 장소에서 같이 일하게 되

었다. 처음에는 별말이 없었지만, 며칠이 지나고 조금씩 서로 말이 많아졌다. 그분은 거의 불평불만이 많았다. 당연한 일이었다. 평생 거의 혼자서 작은 이 공간에서 일하셨고 게다가 중소기업 대부분 마찬가지겠지만 적은 급여는 누구나 불만을 느끼게 할 수밖에 없다고 생각했다.

우린 회사 얘기부터 가정 얘기까지 점점 영역을 넓혀가고 있었다. 그분의 말이 많아지면서 생각지도 못한 부부관계 같은 은밀한 얘기도 하게 되었다.

어느 날 그분은 인생에 회의가 느껴진다는 말을 시작으로 나에게 자문하는 일이 있었다. 평생 이곳에서 젊음을 보낸 그분에게 나는 회사도 다녀보고 장사도 해봤던 사람으로 본인보다는 세상 물정을 더 잘 알 것이라고 생각했던 것 같다.

인생에 대한 회의는 이제 자식들도 다 커서 고등학생, 대학생인데 주말에 집에 있으면 아내도 자식들도 쳐다보지도 않는다는 것이다. 아내도 나름대로 서비스업종에서 근무하는데 항상 바쁘고, 자식들은 아내와는 애기해도 본인과는 말도 잘 않는다는 것이다. 집에 있어도 혼자 있는 것처럼 외롭다는 것이다.

그래서 이제 일도 지겹다는 것이다. 이 작은 공간에서 가족을 위해 젊음을 보냈다. 결과적으로 평탄하게 살았지만, 지금 난 재미도 없고 외롭기만 하다. 이제 내 삶을 위해 새로운 일을 해보고 싶다는 것이다. 그래서 생각한 것이 작은 트럭 하나 사서 택배 일을 해보고 싶다는 것이었다.

나는 지지를 보냈다. 40대 후반이었던 그분에게 무엇이든 도전은 해볼 만한 것이라고 격려해 주었다. 그런데 격려해 주면 이내 이번 달에 뭐가 있고, 다음 달에 뭐가 있고 일단 올해는 넘어서 생각해야겠다는 이유를 늘어놓기 시작했다.

그분은 절대 이 직장을 그만둘 수 없다는 생각이 들었다. 문제는 나였다. 일단 다녀보자고 들어왔는데 지나다 보니 급여 문제를 너무 대수롭지 않게 생각했던 것 같다. 개인 매장을 말아 먹고 방황하는 동안 빚이 늘어 있었다. 현 상황에서 한 달에 필요한 수준의 돈을 벌려면 주, 야간으로 일하는 생산 현장밖에 없었다. 나는 얼마 후 그만두었고, 그분께는 열심히 하시라고 격려를 해주고 나왔다. 그리고 난 공장의 현장에 취업하게 된다. 그리고 석 달쯤 지났을까 봐 그분에게 문자가 왔다.

'용배 씨, 고마워 택배는 못했지만, 덕분에 용기가 나서 회사 옮겼어. 나중에 또 연락할게.'

선택은 언제나 본인의 몫이다.

비정규직

공장 생산직은 보통 아웃소싱이란 인력 관리 업체를 통해서 채용하는 게 대부분이었다. 정규직이 되기까지는 한 장소에서 같은 일을 하지만, 정규직은 회사 소속이고 비정규직은 아웃소싱 인력 관리 업체 소속이었다.

내가 처음 들어갔던 자동차 부품 회사는 우리나라 거대 노조에 가입되어 있었다. 정규직만 되면 중소기업이었지만, 괜찮은 것 같았다. 그런데 전체 회사 인원 중 비정규직이 절반을 넘었다. 처음에는 별생각 없었지만, 비정규직 이런 건 정말 당하는 사람들의 마음을 아프게 했다.

탈의실이 따로 있었다. 비정규직 탈의실은 정말 좁았고, 작은 개인 물품 보관함 한 개를 두 명씩 쓰고 있었다. 생산 현장에서는 정규직에는 일하기 편하게 부품을 닦아서 갖다 주고 비정규직에는 직접 닦아서 일하라고 그냥 갖다 주었다.

보통 라인에서 힘들고 어려운 작업은 비정규직 사원의 자리였다. 비정규직은 정규직보다 일은 더 많이 하지만, 연말에 성과급은 정규직의 20%도 안 된다. 그나마 나오는 걸 다행으로 생각해야 할 정도다. 바빠서 주말에 쉬지도 못하고 일하다가도 비정규직은 반장에게 정규직 추천권이 있기에 힘들어서 쉰다는 말을 꺼내기가 부담스럽다. 나이 어린 비정규직 친구들에게는 반장들이 강제로 출근을 시키기도 한다.

명절에 정규직과 비정규직의 선물은 다르다. 물론 정규직 선물세트가 더 좋다. 즐거워야 할 귀향길 같은 회사를 나서지만, 선물세트는 두 분류의 사람들로 나뉘어 놓는다. 통근버스에서 옆에 앉은 사람이 같은 회사임에도 나보다 더 좋은 선물세트를 들고 있는 모습을 보는 그 씁쓸한 심정은 안 당해본 사람 아니면 모를 것이다.

회사에 중요한 손님이 온다고 며칠 전부터 전 직원이 틈틈이 청소했다. 다행히 손님맞이는 잘 끝났고, 회사에서는 고생했다고 10만 원씩 수당을 주었다. 그러나 안타깝게도 고생은 정규직 직원들만 한 것으로 결정되었다.

한번은 라인에서 일하다가 다친 일이 있었다. 머리가 조금 찢어졌다. 피가 조금 났지만 흐르거나 할 정도로 많이 나지는 않았다. 회사 관리자가 오더니 병원을 가야겠다고 하면서 휴게실에서 잠깐 기다리라는 것이다. 나는 머리에 찢어진 부위를 화장지로 덮고 기다리고 있었다. 그런데 30분이 지나도 아무도 오지 않는 것이다. 그러더니 1시간의 거의 다 되었을 때 아웃소싱 인력관리업체 직원이 왔다.

"그렇지. 내가 비록 이 회사에서 일하고 있지만, 나는 아웃소싱 인력관리 업체의 소속이었지. 그러니 아프지만, 병원도 내가 소속된 업체의 직원이 올 때까지 기다려야지."

나는 1시간의 기다림이 무엇을 의미했는지를, 나는 이 회사의 직원이 아니었는데, 라는 의미를 다시 되새길 수 있었다.

　비정규직은 힘들고 어려운 업무와 정체성의 혼란이라는 또 하나의 어려움을 겪는다.

37살의 철없고 인내심 없는 찌찔함

비정규직으로 들어간 공장에서 1년이 넘어가고 있었다. 열심히 해서인지 나는 정규직으로의 전환에 대한 얘기나 나오고 있었다. 라인 반장님이 추천해 주기로 했고, 조만간 심사가 있을 예정이라고 했다. 주위의 동료들을 보면 정규직에 목숨이라도 걸 태세였다. 나도 목숨이라도 걸 각오가 돼야 했지만, 공장 현장에서 일이 나에게 평소 공돌이라는 인식이 있어서인지 정규직이 된다고 마냥 기쁜 일만은 아니었다. 나의 마음속에는 이렇게 공돌이로 내 인생이 끝나는 건가 하는 막연한 실망감이 자리 잡고 있었다.

같은 조원으로 나보다 2살인가 어린 친구(L)가 있었

다. 평소 내가 싫어하는 스타일이었다. 업무가 손에 익으면서 이리저리 요령 피우고 힘든 일이다 싶으면 쏙 빠지려고 하고, 반장한테 가서 살살거리고 아무튼 나는 그런 스타일은 정말 싫었다.

야간을 하던 어느 날 사고가 터졌다. 평소 L을 싫어했던 나는 업무적인 이야기로 L에게 무엇이었는지 안 된다고 얘기하고 있었다. L은 평소에 나에게 쌓였던 게 많았던 것 같았다. L은 나에게 대들기 시작했고, 난 이성을 잃고 L을 한 대 치고야 만다. 하필 손에 작업하던 장비를 들고 있던 터라 공구로 치게 된 꼴이 되었다. L은 이마에서 피가 났고 병원으로 갔으며 나는 회사에서 경위서를 쓰고 밤에 택시를 타고 나왔다. 그걸로 회사와는 끝이었다.

지금은 많이 잊혔지만, 난 그때 당시를 잊어서는 안 된다. 모든 싸움은 한쪽의 일방적인 잘못은 없다. 사람들의 생각은 모두 다르기에 내가 생각하는 기준과 상대방의 기준은 엄연히 인정되어야 한다. 난 어떻게 보면 먼저 들어 왔다는 이유로 나도 모르게 내가 너를 싫어

한다는 표현을 했을 것이다. 그리고 업무적으로 종일 같이 일하는데 분명 서로에게 이해할 수 없는 행동이나 말을 했을 것이다. 한 살이라도 많은 나의 잘못이다.

L의 가족은 합의금 문제로 나를 조여 왔고, 그 무엇보다 내가 그런 행동을 했다는 자괴감에 빠져 누구한테도 얘기하지 못하고 쓰라린 시간을 보내고 있었다. 너무 힘들었다. 내가 그런 행동을 했다는 자체에 대해서 나 자신을 용서할 수 없었다.

항상 공장 안에 있고, 반복된 하루하루를 보내는 현장 사람들이 단순해 보였다. 그런데 그 사건은 내가 단순하다고 생각했던 사람들 보다 난 더 형편없는 사람이라는 걸 깨닫게 해 주었다. 적어도 사회에서는 서로 참고 살아가는 인내심이라는 게 나보다 나은 사람들이었다.

합의는 그런대로 이루어졌고, 서서히 회복되던 가정 경제는 나의 찌질했던 행동으로 다시 힘들어지고 있었다. 마지막 합의금을 보내고 L의 동생에게 문자가 왔다. 성형수술을 들어가야 한다는 것이다. 난 수술 들어가면 연락 달라고 했지만, 몇 년이 지난 지금까지 연락은 없다. 나는 수술까지 할 정도는 아니었다는 걸 알고 있었다. 내가 알고 있는 건 상처는 생각보다 깊지 않았고, 첫날 응급실에서 잘 꿰매어져서 흔적이 약간은 남지만 별 이상은 없을 거라고 했다. 당연히 L의 가족은 응급실 의사가 괜찮다는 말이 맘에 들지 않았고, 다음 날 더 큰 병원으로 나를 불렀었다. 당연하다 합의금 이런 건 100원이라도 더 받아야 한다.

30대 후반의 적지 않은 나이에도 나는 철없고 인내심 없는 찌질이였다.

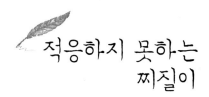

적응하지 못하는 찌질이

내 인생에서 엄청났던 폭풍이 지나자마자 나는 어찌 됐든 가장이었다. 스스로 나 자신을 책망하며 괴로워했지만, 나는 다시 공장에 들어가야 했다. 그렇게 두 번째 공장에 들어갔지만, 1년이 되어 갈 즈음에 공장은 휘청거렸고, 구조조정에 들어가고 있었다. 난 다시 세 번째 공장에 들어갔다. 세 번째 공장은 위험한 약품을 취급하고 있었으며 무거운 부품을 취급하고 있었다. 힘들었으며 위험한 약품은 나의 몸을 조금씩 갉아먹는 것 같았다. 그래도 나는 버텨야 한다. 나에게는 지켜야 할 가족이 있기 때문이다.

난 처음에 공장에 들어가면서 내 인생에서 공돌이가

될 수 있다는 생각을 해본 적이 없었다.

하지만 매우 급한 경제 상황과 가장이라는 이름이 주는 책임감으로 나는 버티고 있었다.

어쩌면 내가 선택할 수도 있었지만, 지금 현재 상황에서 통근버스를 타고 다니면서 밥도 다 주는 공장에 들어가는 것이 최선이라고 생각하고 나 스스로 선택했을 뿐이었을 것이다.

처음에 모두가 형이라고 부르는 호칭에 적응되지 않았다. ○○ 씨라는 호칭에 익숙해 있던 나는 한편으로는 가족 같은 분위기와 인간적인 사회생활이 될 수 있을 거라는 약간의 희망 섞인 생각에 그냥 이렇게 지내는 것도 나쁘지는 않을 거라는 생각도 있었다.

하지만 사회는 사회였다. 많이 배우고 돈이 많은 엘리트 집단이나, 배우지 못하고 가진 거 없는 서민 집단이나 모두 서로 경쟁하고 시기하고 기득권(인사권이 있는 직급이나 같이 일을 하는 기존의 선임 직원들)이 있는 사람들은 언제나 약자에게 대우받고 싶어 했다. 공장에서 버둥거리는 사람들을 보고 어디나 사람 사는 건 똑같다는 생각이 들었다. 단지 환경이 다를 뿐이었다.

별거 아닌 것 같은 일도 공장에서 일하는 사람들에게는 큰일이었고, 이슈화를 시키곤 하였다. 대화는 진지하지 못했으며, 항상 선임 직원들은 신입 직원들을 이해하고 배려하기보다는 우리의 울타리에 있으려면 너는 신입의 자세로 힘든 수고로움과 선임 직원들에 대한 예우를 보여주어야 우리의 울타리에서 같이 생활할 수 있는 정직원이 될 수 있다, 라는 식이다.

조금 지내다 보면 서로 말이 없어진다. 신입은 시간이 지남에 따라 스스로 업무 처리가 가능해지면서 처음과 다르게 선임 직원의 기분을 맞춰주던 일에 소홀하게 되는 것이다. 선임은 당연히 기분을 맞춰주던 신입의 거리감에 어울리고 싶지 않다. 그렇게 공장의 사람들은 서로 말이 없어지게 된다. 하루 12시간을 어색하지만 친한 척하며 보내고 퇴근한다. 유일한 낙은 퇴근하고 집에서 혼자 소주 한잔 하는 것이다. 만나서 같이 술 마시고 싶은 회사 직원도 없거니와 돈도 많이 들기 때문에 혼자 마신다. 돈 버는 거라는 이유 외에는 없는 하루하루다.

　항상 공장에 출근하면서 난 그냥 오늘 하루 돈 벌러 왔다는 생각을 했다. 내가 다니고 있는 회사라는 애사심 같은 건 없었고, 그 어디에도 내 마음의 회사나 동료 공돌이는 없었다.

　하루하루 무거운 마음으로 5년이라는 시간을 보냈다. 난 백수가 되었다.

　난 적응하지 못한 찌질이일 뿐이다.

아내

2004년 11월 내 인생의 전환기가
온다. 내생에 없을 줄 알았던 결혼을 하게 된다. 가진
거 없었던 나에게 생각지도 않게 일사천리로 진행된 결
혼식을 지금도 인연이 아니면 안 될 일이라고 생각한다.

내가 아내를 좋아했던 이유는 수수한 옷차림과 착한
마음이었다. 그런데 시간이 지나면서 언젠가부터 나는
아내에게 툴툴거리고 있었다. 막 드러내 놓고 다닐 정도
로 예쁜 몸매는 아니지만 결혼 7~8년 차부터인가 요즘
길거리에 아줌마들처럼 치마도 좀 짧게 입고 다녔으면
하는 바람이었다. 변화가 필요했다고 생각했다.

나는 아내가 좀 즐겁게 살기를 바란다. 항상 본인보

다는 남을 먼저 생각하는 건 상대방의 입장에서는 좋을지 몰라도 본인의 감정이 주위 사람들의 시선에 의해 결정된다는 건 너무나 힘든 삶이다. 아내는 항상 상대방의 입장을 먼저 생각하는 사람이다. 그렇기에 나 같은 놈하고 결혼할 수 있었을지도 모른다.

그런데 10년 차가 지나면서 아내를 다시 생각하게 되는 때가 있었다. 내가 아내를 좋아했던 건 수수한 옷차림과 상대방을 배려하는 착한 마음이었다. 그런데 언제부턴가 나는 아내를 변화시키려고 하고 있었다. 그러면서 말다툼이 일어나고 마음에 상처를 주게 되는 것이었다.

난 세상의 평범한 부부들이 하는 실수들을 답습하지 않고 살고 싶었지만, 어느새 나도 세상의 평범한 부부들처럼 아내에게 이렇게 해라 저렇게 하라 하며 변화를 강요하고 있었다.

집안의 모든 문제는 '나'였다. 바로 내가 변화해야 했다. 난 항상 하루하루 즐겁게 살고 싶었지만, 결국 나로 인해서 모든 게 꼬여 가고 있었다.

아내도 한 사람으로서 본인의 익숙함과 나름대로 생각하고 사는 것인데, 남편이라는 이유로 변화를 요구하고 생각을 바꾸라는 것은 한심한 짓이었다. 그리고 나는 너무나 잘 알고 있다. 누군가 변화를 시키기 위해서는 내가 먼저 변화하고 행동으로 보여줘야 한다.

물론 가족의 구성원으로서 가정을 지키기 위한 최소한의 배려는 있어야 할 것이다. 아내는 가족으로서 책임을 다하고 살고 있었다.

아내는 아내의 삶의 기준에서 최선을 다하고 있었고, 나는 나대로 삶의 방향에 대해 고민하고 있었다. 그래서 결국 내가 변하고 옳은 방향으로 행동하게 될 때 우리 가족의 방향이 같은 방향으로 가게 될 것이었다. 결국, 문제는 나였고, 앞으로 나는 변화되어야 한다. 그리고 용기를 내어 가족을 지키며 살아가야 한다. 새로운 삶을 위해 나는 분명 변화 할 것이고, 가족과 함께 삶을 즐겁게 살 것이다.

3개월의 짜릿하고 불같았던 첫사랑은 기억에 남아 있

지만, 아내는 함께 지내온 10년이라는 시간만큼 내 가슴에 새겨져 있다. 나의 한 가지 소망은 80살까지 함께 아내와 살다가 한날한시에 같이 죽는 것이다.

종교

나 같은 사람은 일요일이라 부르
지만, 교회를 다니는 사람들은 주일이라고 부른다.

아내는 기독교인이다. 난 결혼하기 전 교회는 다니지
않았지만, 결혼하면서 교회를 같이 다니기로 했다. 그
때까지만 해도 난 일주일에 한 번인데, 하고 대수롭지
않게 생각했다.

신혼 초 문제는 생각보다 심각했다. 직장 생활을 하
던 나에게 주말은 황금 같은 휴일이다. 교인들에게는 주
말이 교회 가는 날이라 당연히 받아들여지겠지만, 나
같은 사람들에게는 정말 귀찮은 일이었다. 게다가 아내
는 교회 아동부 선생님이어서 항상 나보다 먼저 교회를

갔고, 끝나는 시간도 항상 늦었다. 신혼이었던 때 나는 황금 같은 일요일과 아내를 교회에 빼앗긴 기분이 들었다. 그리고 나보다 교회활동에 더 열심이었던 아내에게도 서운함이 밀려왔다.

아이들이 태어나고 아동부 선생님은 그만두게 되었지만, 문제는 또 터지고 있었다. 신생아기부터 좀 크기 전까지 아이들이 잔병치레를 많이 하게 되었다. 의사는 감기에 걸린 아기를 사람들 많은 장소에 데리고 가지 말라고 한다. 그런데 아내는 괜찮다며 굳이 아픈 아기를 데리고 교회로 향하는 것이다. 그렇게 주말이 지나면 아기의 상태는 당연히 나빠졌다. 아기의 상태는 악화하고 결국 병원에 가서 하루 입원을 해야 나을 수 있었다.

그런 일이 반복되면서 나도 도저히 참을 수 없는 수준에 이르렀다. 나는 아기가 아프면 혼자 갔다 오라고 강경하게 이야기했고, 아내도 조금씩 나의 말을 들어주기 시작했다. 그런데 나는 교회에 갔다가 이상한 말을 듣는다. 아기와 내가 교회에 갔을 때 어떤 집사님이 물었다. 왜 저번 주에 안 왔느냐고, 아내는 아기가 아파서

못 왔다고 답을 했고, 그 집사님의 대답은 내 기준에서 너무 이상했다.

"교회 안 나오니까 아기가 아픈 거야."

난 사회생활을 하면서 본의 아니게 사람들에게 막말하기도 하고, 상처를 주기도 한다. 내 생각에 종교인이라 하면 적어도 믿음이 없는 사람들에게 모범이 보이는 사람이 되어야 한다고 생각한다. 난 그렇게 살 자신이 없다. 나를 괴롭히면 나도 똑같이 갚아줘야 하고, 나에게 불이익이 생긴다면 난 가서 불이익을 해소하기 위해 누군가에게 격하게 따지거나 욕을 할 것이다. 나는 종교인이라는 타이틀을 달고 그렇게 살고 싶지는 않다. 그래서 나는 일요일에 교회는 나가지만 종교인이 될 생각은 없다.

내가 일요일에 교회에 나가는 건 여러 우여곡절을 겪고 어느 순간 아내에게 나의 일요일을 주었기 때문이다. 나는 주말(토, 일)에 1박 2일로 놀러 가자는 말을 하지만, 안된다고 말을 할 수밖에 없는 아내를 인정해 주기로 했다. 30년이 넘게 일요일을 교회에서 보낸 아내에게 주일은 단순한 일요일이 아니라 삶의 일부였다.

난 죽어서 어떻게 되는지는 관심이 없다. 지금 내 앞에 나와 가족이 행복하길 바랄 뿐이다. 선하게 그리고 가치 있게 삶을 살고 싶다는 희망 사항은 있다.

아버지

나는 아버지에 대한 기억이 없다. 그냥 가장으로서 책임을 다하지 못하고 가정이 파탄되어 따로 살다가 결국은 저세상으로 가신 분이었다.

부모가 되어봐야 부모 마음을 안다는 말은 맞는 말이다. 나도 한 집안의 가장이 되어 어깨에 무거운 책임을 지고 산다는 것이 얼마나 힘든 일인지 알아 가고 있다.

건설 노동자로 일하는 날보다 노는 날이 더 많았던 아버지는 당신의 경제적인 능력이 가정을 지킬 수 없음을 알았으며, 그 괴롭고 두려운 마음을 술로 의지하셨다. 술은 당장은 잊게 해주는 것 같지만 결국 용기를 빼앗고 몸과 마음을 더욱더 큰 두려움으로 몰아넣는 것 같다. 나 또한 개인 매장을 말아먹고 앞이 캄캄한 상황에서 한동안 술로 의지하며 망가져 가고 있던 때가 있었다.

단지 아버지는 용기를 내어 선택한 것이 아니라 더 큰 두려움으로 몰려 포기를 하신 것이고, 나는 다행히 두렵고 힘들지만, 포기보다는 또 하나의 선택을 한 것이었다.

그때 당시 아버지의 마음을 완전히 알 수는 없지만, 아버지의 어깨에 지웠던 무거운 짐을 어느 정도는 나도 느낄 수 있게 되었다.

어쩌면 나는 아버지처럼 포기할 수는 없다는 마음이 어느 한구석에 자리 잡고 나를 잡아주고 있는지도 모른다.

중소기업의 휴게실

중소기업은 업무가 힘들고 급여가 적어서 이직률이 높고 현장은 한국사람 구하기가 힘들어 외국인 노동자들을 채용한다고 한다.

내가 다녀본 공장들은 대부분 쉬는 시간에 현장 사람들이 편하게 쉴 만한 공간이 없었다. 있어도 규모가 작아서 일부만 편히 쉬고 나머지는 여기저기 기웃거리다가 현장에서 아무 데나 앉아서 쉬는 경우가 대부분이다. 때때로 사람들은 사소한 것에 큰 의미를 부여하기도 한다.

회사는 최소의 비용을 투자해 최대의 이익을 얻는 데 목적이 있으며 이익이 나야 회사가 존재하는 것이다. 회사가 어려울 때 항상 관리자들은 회사가 있어야 여러분이 있는 거라 하면서 희생을 요구하지만, 직원들에 대한 사소한 배려는 아쉬움이 많이 남는 것 같다.

공장을 지을 때 현장 작업자들이 쉬는 시간에 모두 편히 쉴 수 있는 공간을 따로 확보해야 한다는 사항을 법으로 정했으면 좋겠다고 생각을 해 본다.

선택

나는 올해 마흔이다. 지금 마흔이
되어버린 현 상황에서 나는 백수다. 지금 이 시각에도
통장은 마이너스 잔액이 늘어가고 있고, 당장 생계를
위해서 나는 또다시 닥치는 대로 아무 일이나 해야 할
지 모른다.

그런 생각을 하게 되면 꾸준히 직장을 다녀 중소기업
같으면 과장 정도 되어있을 친구들이 부럽다. 일찍이 안
정된 직장을 갖고자 공부해서 공무원이 되어 순탄한 삶
을 사는 것 같은 친구들이 부럽다. 부모의 '빽'으로 들어
갔지만 좋은 직장에 다니는 친구들이 부럽다.

나름대로 고민은 하고 살겠지만, 마흔이 되어 백수인

나에게 회사에서 한 자리씩 차고 있는 친구들은 너무나 부럽다.

그렇다고 그 친구들을 부러워하며 나 자신을 스스로 자학하면 안 된다. 자학이 깊어지고 길어지면 두려움의 늪에서 빠져나오지 못해 몸과 마음이 포기라는 것을 하게 될지도 모른다.

지금 나의 자학은 자영업의 실패와 공장은 어쩔 수 없는 선택이었다고 스스로 벽을 쌓고 괴로워하며 적응하지 못한 지난 5년간의 찌질함이다.

난 이제 새로운 삶을 원하고 있다. 그렇다고 완전히 새로운 기적 같은 삶이 될 수 없다는 걸 알고 있다. 모자란 능력으로 허황한 자리를 꿈꾸는 것이 아니라 지금 내가 가진 것에서 잘할 수 있고, 나 자신을 너무 힘들게 하지 않으며, 좀 더 나를 발전시킬 수 있는 선택을 해야 한다는 것이다.

그렇게 신중한 선택이 곧 나의 새로운 삶에 대한 예의라고 생각한다.

나는 믿는다. 나 스스로가 포기하지만 않으면 내 앞

에는 또 다른 선택만이 있을 뿐 인생은 살아지게 되어 있다. 그리고 삶의 주인으로 사느냐 삶에 살아지느냐는 또 다른 선택이라는 것을 이 글을 써 내려가면서 조금은 알 수 있을 것 같다.

나는 찌질이였지만, 앞으로는 내 삶의 주인으로 살고 싶다.

이렇게 무언가 시작해서 마무리를 지어본 일이 없었는데 이렇게 시작해서 끝까지 마무리할 수 있었던 행운에 감사하게 생각한다.

드디어 내 인생에서도 무언가 마무리한 것이 한 가지는 있게 되었다.

글을
마무리하며

나는 항상 중간만 하려고 생각하면서 살았다. 공부도
못했고, 가진 것도 없던 나에게 중간만 하며 사는 것도
벅찼던 것 같다는 생각이 든다.

대한민국은 매년 성장하고 있다. 정부와 기업은 매년
성장을 하고 있지만, 일부 국민을 제외한 대다수 서민
은 점점 더 힘들어진다고 한다.

예전에 어디서 봤던 얘기가 생각난다.

동네에 땅이 많은 한 부자가 있다. 마을에 사는 대부
분 사람은 그 부자의 땅에서 농사일을 해주고 품삯을
받는다. 품삯은 추수가 지나고 받는다.

부자는 주막을 차리고 쌀가게를 차린다. 마을의 주민

들은 고된 일의 피로를 주막에서 달래고 집에 쌀이 떨어지면 쌀가게에서 쌀을 산다. 품삯은 추수가 끝나고 받기에 당장은 돈이 없다. 그래서 외상으로 술을 마시고, 쌀을 사 온다.

주민들은 추수가 끝나고 품삯을 받지만, 주막과 쌀가게에 외상값을 갚고 나면 손에 쥐는 품삯은 얼마 되지 않는다. 막막하지만 내일 또 논에 나가서 일하면 되고 주막에서 외상으로 술을 마시고, 쌀가게에서 외상으로 쌀을 사 올 것이다. 추수가 끝나고 부자는 논에서 이익이 나고, 주막에서 이익이 나오고, 쌀가게에서 이익이 나온다.

우리가 어떻게 할 수 없는 어쩔 수 없는 일이 있을 수 있다.

순응하면서 사는 사람들이 있고, 어떻게 하든 올라가려고 노력하며 사는 사람들이 있다. 아마 누가 옳고 그름은 없을 것이다. 어른들이 항상 삶에는 정답이 없다고 하는 것처럼….

단지 스스로 이제 나는 다른 사람보다 뒤처져 세상의

낙오자가 되었다는 생각이 들 때 너무 힘들어하지 말자는 생각이다. 꼭 다른 사람과 똑같이 살지 않아도 되고 주변의 모든 환경이 모두 본인만의 잘못은 아니라 생각해도 좋다고 생각한다.

그리고 정신없었던 시간을 생각해 보고 앞으로 하루하루를 느끼면서 행복하게 살아갈 방법을 찾아보고 고민해 보면 어떨까? 그렇게 생각하고 조금씩 노력하다 보면 삶이 조금은 편해질 수 있지 않을까?'라고 생각해 봤으면 좋겠다.

내 앞가림도 못 하는 마당에 주제넘은 이야기일 수도 있다. 나 또한 앞으로도 계속 하루하루를 느끼며 사는 방법을 생각해 보고 노력할 것이다. 아마 평생 해야 하는 일이라 생각한다. 나는 완벽한 사람이 아니기 때문이다.

그리고 가정이 너무 힘들어지지 않는 한도 내에서 나의 뜬금없고 황당하고 소심한 이러한 도전은 가끔 할 생각이다. 글을 쓴다거나 아니면 살아가면서 내 앞에 어떠한 행운의 기회가 또 온다면…·

오늘도
내일도
평범하게
행복을 느끼며
살아가고 싶다.